Brain Cloud
Ein futuresker Kurzroman

Matthias Houben

Brain Cloud

Ein futuresker Kurzroman

Bibliografische Information der Deutschen Nationalbibliothek:
Die Deutsche Nationalbibliothek verzeichnet diese Publikation in der Deutschen Nationalbibliografie; detaillierte bibliografische Daten sind im Internet über http://dnb.dnb.de abrufbar.

Herstellung und Verlag: BoD – Books on Demand, Norderstedt

ISBN: 978-3-7431-1265-0

Inhalt

Er stand leicht nach vorn gebeugt auf dem sanft abfallenden, grünen Hügel und versuchte den schwachen Duft von Wind einzusaugen. Soweit er sehen konnte, dehnte sich die grüne Landschaft vor ihm aus. Ohne Bäume, ohne Häuser, ohne jegliches Merkmal, das erlaubt hätte, eine Richtung oder Entfernung zu bestimmen. Ein leicht gewelltes Auf und Ab, sich grenzenlos ausdehnend, vollkommen geräuschlos und immer in ein sanftes Grün getaucht, welches den Eindruck der Endlosigkeit verstärkte.

Noch war kein Geruch zu vernehmen.

Aber der Wind würde kommen, wie er es immer tat.

Zuerst kündigte ein leichter Duft nach feuchtem Gras sein Erscheinen an, dann spürte man ein leises Rascheln, das über die Hügel kroch,

bis weit in der Ferne die ersten Gleiter mit weißen, gewölbten Segeln vorüberzogen.

Er taste kurz nach dem Stirnband an seinem
Kopf, folgte einem der feinen Kabel, die von dort
zu seinem rasierten Kopf führten, und kratzte die
juckende Stelle, an der das Kabel an seiner
Kopfhaut klebte.

Es war dieses lockere Kabel, das ihn irritierte,
seine trockene Haut jucken und gleichzeitig tran-
spirieren ließ. Das war nicht in Ordnung, ohne
dass er wusste, was daran nicht in Ordnung sein
sollte. Aber allein, dass er sich an seinen Namen
erinnern wollte, war auch nicht in Ordnung und
gehörte nicht hierher.

Seine Augen suchten weiter den gewunde-
nen Horizont nach Gleitern ab, während er be-
schloss, sich weiter ‚Er‘ zu nennen.

Seine nackten Zehen gruben sich fest in das
grüne, moosartige Geflecht, das die weite Fläche
aus Tälern und Hügel bedeckte, nach Tang roch,
sich nicht bewegte, selbst bei starkem Wind
nicht. Bei feuchtem Wind aber ließ es die Gleiter
über sich hinwegschießen, veranlasste sie zu

immer weiteren Kurven, wenn sie dem Wind folgend über die Hügel rasten.

Er versuchte seinen Stand zu verbessern, indem er die Schultern leicht anzog, die Arme wie zum Sprung anwinkelte und die Knie ein wenig durchbeugte. In dieser Haltung konnte er endlos verharren. Bis der Wind kam und einen Gleiter vor sich hertreibend auf seinen Hügel schob.

Dann kam es darauf an, zum richtigen Zeitpunkt sich der Bewegung des Gefährts anzupassen, aus dem Stand mit einer einzigen, fließenden Veränderung sich hineinzuziehen und sofort das Gleichgewicht zu finden.

Wehe, der Segler kam zum Stillstand oder wurde den Hügel hinab in die nächste Kuhle getrieben. Eine winzige Unachtsamkeit, ein zu früher oder zu später Kontakt würde unausweichlich dazu führen.

Er würde in einem unbrauchbaren Gleiter zwischen den Hügeln sitzen, über deren Kuppen unerreichbar entfernt und unnütz der Wind strich.

Auf seinen Streifzügen hatte er einige solcher Fehlversuche liegen sehen, was ihn dazu veranlasst hatte, darüber nachzudenken, dass er nicht allein war.

Auch das hätte nicht geschehen dürfen.

Er wusste es.

Es gab nur einen Versuch, sich aus der konzentrierten und manchmal endlos langen Bewegungslosigkeit mit der fließenden Bewegung des plötzlich auftauchenden Seglers zu synchronisieren. Ein Scheitern führte zu Warten und Hadern, Gedanken über Namen und Andere, alles Dinge, die seine Konzentration störten und nicht sein durften.

Und das Angleichen an den Gleiter war nur der Anfang, die Voraussetzung für die eigentliche Aufgabe, die so unendlich werden konnte wie die Landschaft, in der sie vollbracht werden sollte.

Kein Sprung, kein hastiges Nebenherlaufen war gefragt, nein, es galt nur diesen einen Moment abzupassen, der ein Verschmelzen mit der Bewegung des Gefährts erlaubte. Und dafür brauchte es den perfekten Standpunkt auf dem richtigen Hügel, in der Rundung kurz vor seiner höchsten Ausdehnung im richtigen Winkel zu der

Richtung, aus der der Wind und mit ihm der Gleiter kommen würden.

Diesen Moment gab es selten, aber er wusste, wann er kam. Dazu hatte man ihn ausgewählt, weil er es wusste und weil er zu dieser einzigen gleitenden Bewegung fähig war, die es auszuführen galt.

Weil seine ganze Konzentration, auf diesen Moment fixiert, alles andere vergessen ließ, wie seinen Namen.

Seine Augen blickten auf die nackten Zehen im grünen Geflecht, wanderten hoch, auf die nächste Kuppe zu und weiter, immer einem Hügelkopf folgend, bis die Reihe der Hügel zu einer unendlich weiten, geschwungenen grünen Linie verschmolzen, hinter der der Wind wohnte.

Er hörte dieses leise Wispern, das ihn immer begleitete, als sprächen die Hügel mit ihren hohen Stimmen zu ihm, wollten verraten, wann der Wind und ob er überhaupt kommen würde.

Aber er konzentrierte sich weiter auf den Geruch, sog langsam die Luft in sich ein, schmeckte sie sorgsam ab, bevor er sie mit einem kräftigen

Stoß ausatmete, damit der Geschmack nach Flechten nicht zu intensiv wurde. Ein gleichmäßiges sich immer wiederholendes Ausatmen und Einatmen, während seine Augen im selben Rhythmus den Hügelkuppen folgten und er langsam mit der Landschaft verschmolz. Der einzige, regungslose Fixpunkt in einer weiten Ebene ohne Bewegung, ohne Geraden und Winkel, der nur auf den Wind wartete und die Gleiter, die er spielerisch vor sich hertrieb, um genauso schnell, wie er gekommen war, wieder mit seinen Spielzeugen zu verschwinden.

Er war bereit und wartete, stand hier, weil die Kabel in seinem Nacken und auf seiner Kopfhaut ihn das tun ließen, für das er geschaffen war.

Und schon zuckte der Zweifel wieder auf, an Kabel durfte er nicht denken, er durfte nicht einmal wissen, dass etwas wie ein Kabel existierte, so wie es irgendwo auch Namen gab, unter anderem einen für ihn und für das, was er hier tat. In einer Welt, die keinen Namen hatte, weil sie keinen brauchte.

Mark sah hinunter auf das zusammengeheftete Papier, das er auf der Kante des Schreibtisches zu stabilisieren versuchte, damit sein Gegenüber das leichte Zittern seiner Hände nicht bemerken konnte. Er kam sich vor wie in Watte gehüllt, hörte die Stimme seines Gesprächspartners, blätterte gleichzeitig mit schweißnassen Fingern im Papier und versuchte irgendwie professionell und aufmerksam zu wirken.

„Ihre Testresultate sind ausgezeichnet. Sie haben das Test Szenario mit Bravour bewältigt, ich möchte fast sagen mit Auszeichnungen."

Mark ZwO kommentierte im Hintergrund: „Wieso fast, du sagst es doch." Mark zuckte nervös zusammen.

„Wir würden uns freuen, Sie in unserem Team begrüßen zu dürfen."

Mark blickte kurz auf, fixierte das ernste Gesicht seines Gesprächspartners, der jetzt versuchte zu lächeln. Was in starkem Kontrast zu den dunklen, harten Augen stand. Der Mund versuchte zu lächeln, die Augen sogen ihn auf, fixierten ihn und begannen ihn in Stellung zu rücken.

„Wie Sie sehen können, ist alles sorgsam geregelt. Für die Zeit, in der Sie an dem Projekt teilnehmen, übernehmen wir sämtliche ihrer laufenden Kosten, sodass sie sich komplett auf Ihre Aufgabe konzentrieren können."

Der dunkelhaarige, muskulöse Mann blätterte kurz durch den Stapel Papiere, die er in der Hand hielt, und nickte Mark zu. Der weiße Kittel sollte wohl suggerieren, dass es sich um einen seriösen Wissenschaftler oder Arzt handelte, die durchtrainierte Gestalt und die exakten fast athletisch wirkenden Bewegungen wurden dadurch aber nicht kaschiert, wie Mark ZwO anmerkte.

Ein muskulöser Einzelkämpfer mit militärischem Bürstenhaarschnitt, leicht gebräunt, immer kontrolliert, ein wenig auf dem Sprung, als sei er bereit, jederzeit sein Gegenüber zu überwältigen.

Mark kam sich gedrängt vor, hätte gern mehr Zeit gehabt, wäre gern in sich gegangen und hätte sich beraten wollen. Aber man ließ ihm keine Zeit. Es sei eine einmalige Chance, er müsse sich kurzfristig entscheiden, da das Projekt schon angelaufen war und er der Letzte sein würde, der zu dem Team hinzustieß, um es zu komplettieren.

„Da Sie während Ihrer Projektbeteiligung keine weiteren Kosten haben, Sie werden selbstverständlich in dieser Zeit von uns komplett versorgt, werden wir die gesamte Summe zu Beginn des Projektes auf Ihr Konto überweisen."

Mark blätterte durch den Mittelteil der Unterlagen, der detailliert beschrieb, wo er untergebracht wurde, wie er medizinisch und psychologisch betreut werden würde. Seine Augen blinzelten aber immer wieder zu der einsamen Papierseite vor sich auf dem Schreibtisch, die nur auf seine Unterschrift wartete, auf der diese ungeheure Zahl stand. Ein Betrag, den man überweisen wollte, der so unvorstellbar schien, dass er sich gerne in den Arm gekniffen hätte.

Der schwarze Faserstift lag daneben, wartete darauf jetzt benutzt zu werden. Mark brauchte ihn nur zu greifen und seine Unterschrift auf das Papier zusetzen.

Sein Gegenüber erklärte noch einmal das Prozedere, welches nach Unterzeichnung folgen würde, der Flug an den Projektstandort, die Einweisung in Unterbringung und Aufgaben. Er erwähnte die Namen von Ansprechpartnern und persönlichen Betreuern, schilderte übergenau deren Qualifikation und stellte bei einzelnen deren besondere Fähigkeiten hervor.

„Sie sehen, sie werden sich in den besten Händen befinden."

Mark war sich nicht sicher, ob er sich überhaupt in den Händen von irgendjemand befinden wollte, aber die magische Zahl auf dem Vertrag sagte etwas anderes. Nie war ihm in seinem bisherigen Leben auch nur entfernt gelungen einen Job zu ergattern, der solche Auswirkungen auf seine Zukunft haben würde. Bisher war er geduldig im Mittelmaß mitgeschwommen, hatte sich vorgenommen irgendwann die Chance, die sich vielleicht böte sofort anzunehmen, sein Schicksal in eigene Hände zu nehmen.

Jetzt saß er hier und zögerte.

Das kurze Nicken seines Gegenübers zum Blatt und Schreibstift hin, war mehr als nur eine Aufforderung. Er wirkte langsam ungeduldig, das Gespräch zog sich in die Länge.

Mark nahm den Stift, schraubte die Kappe ab, legte den vor Aufregung feuchten Handballen auf das Papier und kritzelte entschlossen seine Unterschrift darauf.

Der feste Händedruck, das kurze Armschüt-teln seines Gegenübers, der locker einen Kopf größer war als er, begleitete ihn aus dem Büro. Er stolperte benommen an der Rezeption mit der telefonierenden jungen Dame vorüber, in den Aufzug, dessen Türe offen stand. Am Hauptein-gang empfing ihn warme, feuchte Luft, die von der klimatisierten kalten Luft in seinem Rücken, die ihn nach draußen zu schieben schien, zu-rückgedrängt wurde.

Sein Hemd klebte am Rücken, seine Hände, jetzt an die Hosenbeine angelegt, hinterließen feuchte Spuren, wie er glaubte.

Er verlor sich in die Stuhlreihen des Cafés auf dem Platz und bestellte sich einen Espresso. Dabei fiel ihm auf, dass er selbst keine Unterlagen mitbekommen hatte.

„Da wäre aber mehr drin gewesen.“

Mark ZwO meldete sich gegen alle Absprachen in der Öffentlichkeit.

„Wenn du gesagt hättest, dass wir zu zweit sind, hätten die mehr ausgespuckt.“

Mark sprach mit vorgehaltener Hand zu seinem zweiten Ich.

„Du brichst die Regeln, nicht in der Öffentlichkeit hatten wir beschlossen.“

„Nur, weil du immer laut zu mir sprechen musst. Bullshit. Ich sage dir, du hättest es sagen sollen.“

Mark schaute vorsichtig zu den Nachbartischen hinüber und führte die Tasse zum Mund, hielt kurz vor dem Trinken kurz inne.

„Wenn ich das gesagt hätte, wären wir in hohem Bogen rausgeflogen“. Er trank einen kurzen Schluck und verbrannte sich die Lippen.

„Hallo, hast du dir auch alles durchgelesen? Immerhin bestimmst du über mich mit. Da wäre es angemessen gewesen, mich zu beteiligen.“

Mark konzentrierte sich auf den Löffel, mit dem er den Zucker im Espresso umrührte, einmal in die linke Richtung, einmal in die umgekehrte.

„Immerhin hast du endlich unterschrieben. Ich war schon drauf und dran einzugreifen.“

Mark schüttelte unwillig den Kopf, was Menschen, die ihn jetzt vielleicht beobachteten, etwas merkwürdig vorgekommen musste.

Gottlieb Arndt Bertram, genannt GAB, stand in der Bäckerei und sah auf das Angebot hinter der schrägen Glasscheibe der Theke. Er konnte sich nicht entscheiden, ob er lieber ein Wurstbrötchen oder ein Croissant zum Frühstück essen sollte. Wahrscheinlich war beides gut, die Frage war nur, in welcher Reichenfolge es am besten schmeckte.

Die junge Verkäuferin hatte ihn kurz angeschaut und bediente nun einen Handwerker in grauer Montur, der sich vorgedrängt hatte. Was nicht weiter schlimm war, da er selbst sich noch nicht entschieden hatte.

In seinem leichten Sommerjackett über der Designerjeans, das Haar zurückgekämmt und zu einem langen Zopf über der Schulter getragen, sah er wahrscheinlich so cool und relaxed aus, dass jeder Hansel glaubte, sich vorpfuschen zu dürfen.

GAB grinste leicht vor sich hin bei dem Gedanken, dem lästigen Vorpfuscher alle Konten zu sperren und die Einträge bei den Behörden zu löschen. Ein Kinderspiel für einen Computer Profi.

„Bitte schön."

Die blauen Augen der Verkäuferin sahen ihn auffordernd an. Jetzt half nichts mehr, er musste sich entscheiden und kaufte ein Brötchen und einen Croissant.

Während er zahlte und auf das Wechselgeld wartete, dachte er daran, dass es bald Zeit wurde, sich wieder einen Job zu besorgen. Nicht des Geldes wegen, da war er bereits versorgt. Aber das langweilige und eintönige in den Tag hinein leben, begann ihn mittlerweile zu frustrieren. Er kam sich mehr und mehr nutzlos und antriebslos vor, fühlte mit jedem neuen Tag, wie sich ein Stück der alten Neugierde von ihm löste und in Lethargie überging. Inzwischen hatte er sich angewöhnt, mehr auf sein Äußeres zu achten, als er es vorher jemals getan hatte. Die Farbe von Hemden passend zur Hose auszusuchen war ihm ebenso wichtig geworden, wie darauf im Auge zu behalten, dass die Schuhe zum Gürtel und die Lederjacke zu den beiden anderen passten.

Der Blick in die Schaufensterscheibe zeigte ihm, dass er einen guten Geschmack und ausreichend Geld besaß, selbigen auch zu bedienen. Die junge Verkäuferin lächelte ihm nach, als er aus ihrem Gesichtsfeld verschwand, was wohl auch an dem Trinkgeld liegen mochte, das er ihr großzügig überlassen hatte.

Es wurde wirklich Zeit, etwas zu ändern.

Er hatte sich in dieser öden Kleinstadt lange genug versteckt.

Am Anfang war es noch interessant gewesen, alles neu gestalten zu müssen, Wohnung, Einkaufsgewohnheiten. Nach und nach hatte er sich die kleine Welt um den Marktplatz mit ihren Boutiquen und Geschäften erschlossen, gestaltete seine Tage mit Lesen, Einkaufen und Kaffeetrinken. Aber irgendwie war mittlerweile die Luft raus.

Einen Computer hatte er seit langer Zeit nicht mehr angefasst.

Und das war auch gut so, obwohl sich das schwieriger gestaltete, als das Rauchen aufzugeben. Was er aber vor kurzem wieder angefangen hatte. Sich mit Computern zu beschäftigen, hätte alte Dämonen wieder erweckt, deren Einfluss er dennoch spürte und erfolglos zu verdrängen suchte.

Während er sich in aller Ruhe am Bürgersteig stehend eine Zigarette zu drehen begann, nahm er aus den Augenwinkeln eine große schwarze Limousine wahr, die langsam auf ihn zurollte. Schwarzer, amerikanischer SUV mit getönten Scheiben und brabbelndem Achtzylinder.

Er beleckte mit der Zungenspitze sorgfältig die Gummierung des Zigarettenpapiers, drehte die fertige Zigarette ein paarmal Hin und Her und wollte sie sich in den Mundwinkel schieben, als er einen heftigen Stoß im Rücken spürte.

Der rechte Arm wurde ihm nach hinten gebogen, eine starke Hand hatte ihn im Nacken gefasst und beugte seinen Oberkörper der sich weit öffnenden Wagen Tür entgegen. Sein rechtes Knie stieß an etwas Hartes, seine Brötchentüte fiel auf den Boden. Er rutschte lang dahingestreckt mit dem Kinn über eine Ledersitzbank, spürte, wie ein Ärmel des Jacketts hochgeschoben wurde, danach einen kurzen Stich, dann fiel die schwarze Lederbank komplett über ihm zusammen und hüllte ihn ein.

Schwarz, sehr schwarz und muffig.

Als er wieder aufwachte, lag er da, spürte nichts außer grenzenloser Schwere, als hätte man ihn mit Blei ausgegossen. Er konnte sich nicht bewegen, spürte seinen Körper nicht, als wäre der weit entfernt. Es roch und schmeckte merkwürdig, unbekannt, medizinisch, scharf und doch süß. Er konnte die Augen nicht mehr aufhalten und flog beiseite.

Danach fühlte er ein Ruckeln, glaubte in weiter Ferne Stimmen zu hören, wurde hochgehoben und hart wieder abgesetzt, rollte ein Stück vor sich hin und dämmerte wieder weg.

Fluggeräusche, Düsentriebwerke, Kälte und Schwärze.

Weit hinten ein schwaches Licht, leicht schwankend im Rhythmus eines konstanten Pochens in seiner linken Stirnhälfte. Etwas Kaltes hielt sein Handgelenk gefangen und klapperte. Sein Kreuz schmerzte, aber immerhin spürte er etwas, öffnete mühsam die Augen und schloss sie geblendet wieder.

Ein riesiger verschwommener Mond taumelte vor ihm hin und her und dröhnte mit tiefem Bass ihm entgegen: „Hey Alter."

Lieber wieder die Augen schließen, alles nur ein Traum.

Er hatte sein Brötchen noch nicht gegessen. Die Zigarette war ihm hingefallen. Er hatte sich das Knie angestoßen, sein tauber rechter Arm baumelte in etwas metallisch Kaltem.

„Hey Alter." Seine Wange wurde getätschelt, wenn auch nicht eben sanft.

Breite Schultern, ein riesiger Kopf fast übergangslos aus den Schultern wachsend. GAB blinzelte verтränt in die Höhe.

„Na also, wird doch."

Diese Stimme.

Irgendetwas versuchte in seinem Gedächtnis wieder nach oben zu tauchen. Er blinzelte erneut, sah auf einen Dreitagebart, der dunkel schimmerte.

„Hallo GAB.“

Er schaute hoch auf sein rechtes Handgelenk, das mit einer silbernen Handschelle an einem Bettgestell festgehalten wurde.

„Reine Vorsichtsmaßnahme, damit du nicht herausfällst. Können wir gleich abmachen.“

Jimmy grinste ihn aufmunternd an. Der alte Jimmy, noch größer, noch beleibter, noch speckiger.

Also doch alles nur ein Traum.

Er schloss die Augen und versuchte wieder in die Bäckerei zurückzugehen. Junge Verkäuferin mit hübschen blauen Augen, vorwitziger Drängler in grauer Arbeitskleidung, duftende Brötchenauslage hinter blank geputzter Scheibe, mit niedlichen kleinen, handgemalten Preisschildchen.

Aber es gelang nicht.

„Komm ich helfe dir.“

Er wurde aufgerichtet, Jimmy hob ihn kurz an, als wiege er nichts.

Ja Jimmy, der aussah, als sei er fett und dick und träge, was keineswegs stimmte, wie GAB wusste. Unter dem angefressenen Dickleib schlummerte ein gut durchtrainiertes Muskelkorsett.

„So."

Kurzes Gehantele und Geklirr, sein rechter Arm fiel willenlos auf das Bett, auf dem er jetzt aufrecht saß.

„Mensch Alter, bin ich froh, dich hier zu sehen."

Jimmy setzte sich auf die Bettkante und schaute ihn erwartungsvoll an. Das Bettgestell quittierte ihr addiertes Gewicht mit einem stählernen Ächzen.

GAB war alles andere als froh hier und jetzt irgendwo zu sein und zudem auch noch mit Jimmy, der letzten Person, der er begegnen wollte.

„Was soll das?"

Gut, ein ziemlich idiotischer Gesprächsanfang, aber mehr wollte ihm nicht einfallen.

Jimmy grinste ihn verlegen an und rubbelte mit einer Hand an seinen Bartstoppeln.

„Tja, ein wenig bin ich wohl schuld.“

Ein wenig war gut, Jimmy war eigentlich immer für jedes Desaster verantwortlich gewesen. Seine Verantwortung für Ereignisse stand in recht gesundem Verhältnis zu seinen Körpermaßen. Beides nahm offensichtlich unaufhaltsam zu.

„Weißt du, meine Geschäftspartner können recht kompromisslos sein und ich habe gesagt, dass wir dich brauchen.“

Tja und jetzt war er hier, von den kompromisslosen Partnern in ein Auto gezerrt, betäubt, verschleppt. Man hätte auch anrufen können.

Er versuchte in Jimmys dunklen Augen so etwas wie Scham zu sehen, aber die blinzelten unternehmungslustig wie eh und je. Keine Spur von Reue oder Schuldbewusstsein.

GAB versuchte sich aufzurichten und ließ versuchsweise die Beine über die Bettkante baumeln. Er blickte unentschlossen durch den Raum. Geschmackvoll modern, Sitzecke mit

Tisch, ein Schreibtisch in einer Ecke, kein Fernseher, kein Computermonitor, aber Bilder an der Wand. Hotelmäßig.

Er schaute wieder zu Jimmy, der sich langsam vom Bett erhob und durch den Raum zu wandern begann.

„Es hat sich viel getan, seitdem du verschwunden bist."

Ein kleiner Vorwurf, mit leicht emporgezogener Augenbraue. GAB verspürte jedoch kein schlechtes Gewissen. Er hatte seine berechtigten Gründe gehabt, aus dem Projekt auszusteigen. Und die Art und Weise blieb sein Problem.

„Unsere neuen Partner haben sofort die Möglichkeiten erkannt und sind mit enormen Ressourcen eingestiegen. Ich kann dir sagen mit wirklich fast unbegrenzten Ressourcen."

Was GAB ja zu spüren bekommen hatte.

„Militär?"

Ein nur so dahinvermuteter Verdacht, aber wie GAB es schien, durchaus begründet. Sein rechter Arm schmerzte leicht, sein Schädel brummte, sein Rücken spürte sich mehrfach durchbrochen an, von seinem Geschmack im Mund nicht zu reden.

Jimmy wiegte den Kopf hin und her, hob die Schultern leicht an und blickte zur Decke.

„Nun ja, wir haben das Konzept leicht verändert, in die Rezeptoren Technik richtig investiert und neue Versuchsreihen anlaufen lassen."

GAB verspürte bei dem Wort Versuchsreihen ein leichtes Ziehen im Nacken, und alte Erinnerungen wurden hochgespült.

„Was soll ich sagen. Es haben sich Erfolge eingestellt, mit denen ich so schnell eigentlich nicht gerechnet hatte."

GAB musste grinsen, „Aber irgendwas ist schief gegangen?"

Auch damals war etwas schief gegangen und hatte ihn bewogen auszusteigen.

Jimmy hatte noch nicht geantwortet und setzte seine Runde im Zimmer fort.

Zwei Meter Mensch mit hundertdreißig Kilo Lebendgewicht, wenn es nicht mehr geworden war, ein wenig verrückt, vielleicht sogar durchgeknallt und zudem bekennender Verschwörungs-theoretiker.

In seiner Arbeit aber zielgerichtet und schlicht genial.

Schon fast zu genial, wie GAB hatte erfahren müssen.

„Am besten siehst du es dir an, beurteilst die Ergebnisse und sagst mir, was du davon hältst, ob ich richtig liege."

Auf vollkommen freiwilliger Basis, wie es schien. GAB reckte sich und stand leicht schwankend vom Bett auf, wechselte in tapsigen Schritten hinüber zur Sitzecke und ließ sich auf die Couch plumpsen.

Das war wirklich das Letzte, was er sich hätte vorstellen können, wieder in das Projekt einge-bunden zu werden, gezwungen zu werden.

„Warum der irre Aufwand? Man hätte mich auch anrufen können, wenn man mich schon gefunden hat."

Er versuchte den Vorwurf in seiner Stimme abzumildern, was aber kläglich misslang. Er war nicht verärgert, er war stinksauer. Entführt und verschleppt wie in einem guten oder schlechten Thriller.

„Wärst du denn freiwillig gekommen?"

Eine berechtigte Frage, die GAB innerlich wahrheitsgemäß für sich beantwortete, mit Sicherheit nicht. Nie und nimmer.

Jimmy konnte seine Gedanken lesen und grinste ihn an.

„Die Art der Einladung war nicht meine Idee und entsprach nicht ganz meinen Vorstellungen, aber sie ist effektiv gewesen, nicht wahr."

„Und wenn ich mich weigere?"

Jimmy schüttelte den Kopf, sah wieder hoch zur Decke und antwortete: „Schau es dir erst mal an."

Dann mit einem leichten Lächeln. „Du wirst fasziniert sein."

Was eigentlich das Letzte war, was GAB im Moment sein wollte.

Mark der Schläfer

GAB hatte gegessen, unruhig geschlafen, danach geduscht, in dem fensterlosen Raum jedwedes Zeitgefühl verloren, einmal an der verschlossenen Tür gerüttelt, den Kopf geschüttelt. Er hatte nicht bemerkt, dass die nette junge Dame, die ihm das Essen gebracht hatte, seine Tür wieder abgeschlossen hatte.

Jetzt saß er auf der Couch, in seinem Teameinteiler, grau und blau mit irgendwelchen Abzeichen und einem von der Brust baumelnden Ausweis ohne Bild und schaukelte mit seinem Kopf, als gehöre der nicht ihm.

Vollkommen verrückt und abgedreht.

Man hatte ihm Unterlagen auf den Tisch gelegt, die er überflogen hatte. Das meiste hatte er wiedererkannt, wenn auch vieles extrem verbessert und abgeändert worden war. Das Grundprinzip war bestehen geblieben.

Eigentlich auch vollkommen verrückt und abgedreht.

Und er hatte es von Anfang an mitentwickelt, bis seine erste eigene Testphase ihn umgestimmt hatte.

Damals war er kurz entschlossen ausgestiegen, jetzt hatte man ihn wieder mitten hineinverfrachtet, ohne zu fragen, dabei den Arm leicht verdreht. „Sie sind doch bereit, mit uns zusammenzuarbeiten?"

Rein in den SUV und ab irgendwohin.

Kompletter Realitätsverlust, Vergangenheitsbewältigung auf die besondere Art.

GAB war froh, als Jimmy den Raum betrat und die Türe nicht wieder hinter sich abschloss, wie GAB bemerkte.

„Und?"

„Tja." GAB breitete die Arme aus, was sollte er sagen?

„Mir scheint, ihr habt ein mächtiges Problem."

Was er selbst nach dem Überfliegen der Unterlagen für untertrieben hielt.

Aber Jimmy brummelte die Bestätigung. „Weiß ich schon länger."

Er folgte Jimmy hinaus in den Flur, vorbei an grauen Türen, hinein in eine kreisrunde, lichtdurchflutete Halle mit einem Urwald von Topfpflanzen vor einem Springbrunnen, von der sternförmig andere Flure abzweigten.

Ein mächtiger Komplex. Nicht zu vergleichen mit ihren damaligen Anfängen. Da hatte wirklich jemand kräftig investiert.

Ab und zu begegneten ihnen andere Mitarbeiter mit Unterlagen unter dem Arm oder fahrbare Tische vor sich her schiebend, auf denen unterschiedlichste Gerätschaften klingend und klirrend transportiert wurden.

Jimmy wurde respektvoll gegrüßt, GAB neugierig gemustert.

„Hier hinein!" Jimmy hielt ihm eine Tür auf, die in einen hellen Raum führte, auf der ein junger Mann auf einer Liege lag.

Zwanzig bis Mitte Ende zwanzig, schmal und schlaksig, lag er in seiner Kombi da. Das Stirnband um den Kopf, aus seinen Armen führten dünne Plastikschläuche zu den Versorgungsbeuteln.

GAB war ein wenig schockiert.

„So lange schon?"

Jimmy nickte nur.

Künstliche Ernährung, Aufbau des Flüssigkeitshaushaltes und was sonst noch medizinisch geboten war, für jemand, der längere Zeit abwesend war.

„Elf Tage und neun Stunden." Jimmy zuckte mit den Schultern.

Eine Feststellung die nur GAB richtig zu beurteilen vermochte.

„Der bisher Beste, wenn man von dir absieht."

Irgendetwas musste passiert sein, dass er nicht wieder zurückgekehrt war. Aus den Unterlagen mit ihren nüchternen Berechnungen, Diagrammen war das ohnehin ersichtlich gewesen.

Aber hier zu stehen und auf das blasse Gesicht zu starren war etwas anderes.

„Er hat alle Tests bestanden?"

Jimmy zuckte wieder mit den Schultern. „Mit Bravour."

Der junge Mann atmete ruhig und entspannt, seine Brust hob und senkte sich bei den Atemzügen, sein Gesicht spiegelte Ruhe wieder, die Augen fest geschlossen lag er da.

Als würde er jeden Moment aufwachen und sich schütteln, lächeln und sagen: „Richtig cool."

Aber das würde nicht geschehen, keiner wusste das besser als GAB.

„Ich musste damals noch den albernen Helm tragen."

GAB hatte nur irgendetwas sagen müssen. Und fasste sich bei der Erinnerung an den Nacken.

„Er heißt Mark."

Als hätte auch Jimmy nur etwas gesucht, dass er jetzt sagen konnte.

„Am Anfang vollkommen normaler Verlauf, keine auffälligen Werte, saubere Rückkoppelung.

Bis plötzlich das zweite Persönlichkeitsdiagramm auftauchte."

GAB hatte bei der Durchsicht der Unterlagen genau an der Stelle, an der das zweite Diagramm erwähnt wurde, verblüfft innegehalten. „Krass", hatte er sich sagen hören und gespürt, wie sich die Härchen auf seinen Armen aufstellten, als würde er elektrostatisch geladen.

„Habt ihr mit dem Gedanken gespielt, ihn aufzuwecken?"

Jimmy breitete die Arme aus, „Aber nur als Plan Z."

Der Junge lag friedlich auf seiner Liege, war praktisch vollkommen anwesend, konnte jederzeit geweckt werden, aber irgendetwas war noch drinnen. Verursachte eine saubere Kurve, ein Persönlichkeitsdiagramm, das neugierig umherstreunte.

„Und was ist euer Plan B?"

Jetzt wirkte Jimmy aber belustigt. „Deshalb bist du ja hier."

Als wenn er das nicht schon vermutet hätte.

„Auf gar keinen Fall."

Jimmy wiegte den Kopf hin und her und sah aus wie ein riesiger Kater, der überlegte, ob er erst noch mit der Maus spielen wollte, bevor er sie tötete.

„Ich glaube, das ist seine einzige Chance." Jimmy klang felsenfest überzeugt.

Sie verließen den Raum und das Bild des schmalen Jungen auf der Liege brannte sich in GAB 's Gedächtnis ein. So ähnlich hatte er auch einmal dagelegen, aber er war zurückgekehrt, immer. Selbstständig, aus freien Stücken, immer wann er es gewollt hatte.

Sie folgten dem langen Flur, ab und zu blieben sie stehen, Jimmy öffnete die Türen, ließ sie einen Blick hineinwerfen und erklärte kurz und knapp den Inhalt der Räume. Rezeptionsanlagen, Sensortechnik, Kontrollboard mit mehr als vierzig Bildschirmen, auf denen unaufhörlich Diagramme, Zahlenkolonnen und dreidimensionale Schichtmodelle hin und her zuckten, davor, leicht vorgebeugt und konzentriert die Mäuseschubser. GAB musste grinsen und war zugleich verärgert, als er Jimmys ehemalige Bezeichnung für Kontrolltechniker wiederholte. Jede Menge Mäuseschubser in einer beträchtlichen Anzahl von Räumen. Ein riesiger, fensterloser Komplex, wies es schien.

„Wie Area 51."

GAB hatte es leise vor sich hingesagt, aber Jimmy griff seine Schulter, drehte ihn zur Seite, blickte wieder nach oben und sagte laut: „Wir werden jetzt zu einem Projektmeeting gehen. Ich denke, du bist damit einverstanden? Mehr Informationen brauchst du ja nicht." Der Griff auf der Schulter wurde härter, ein kurzes Zusammendrücken mit Jimmys verschwenderischer Urkraft, ließ GAB folgsam antworten: „Klar, kein Problem, ich denke, das Wichtigste habe ich gelesen und gesehen. Mehr braucht's für den Moment nicht."

Der Druck auf der Schulter ließ abrupt nach und endete in einem freundschaftlichen Klaps, der die Richtung vorgab.

Bodyguard mit Handscanner vor verschlossener Tür. Kurzes Ablesen der Ausweise, Kontrollblick in die Gesichter, obwohl sich auf den Ausweisen keine Fotos befanden. Wahrscheinlich war der durchtrainierte Gedankenleser und konnte die guten oder bösen Absichten schon allein mit einem Blick ins Gesicht feststellen. GAB hätte bei dieser geheimen Vermutung beinahe laut losgelacht. Alles um ihn herum kam ihm verrückt und irreal vor, so als befände er sich in einem Computerspiel, nähme zwar daran teil, sei aber gleichzeitig irgendwie unbeteiligt. Was aber ganz offensichtlich nicht stimmte, wie sein immer noch leicht dröhnender Kopf, der langsam abnehmende medizinische Geschmack im Mund und der malträtierte rechte Arm ihm sagten.

Was um alles in der Welt hatte Jimmy dazu gebracht, ihn hierherholen zu lassen? Und was hatte der unbekannte Investor hier auf Jimmys kranken Gedanken mit unvorstellbaren Mitteln aufgebaut?

Die wichtigste Frage blieb jedoch: Was wollten sie von ihm?

GAB wurde von Jimmy in den halb abgedunkelten Raum geschoben und auf einen Stuhl am ovalen Tisch bugsiert. Sie saßen beide nebeneinander und die anderen schienen nur auf ihr Erscheinen gewartet zu haben.

Es konnte losgehen, was auch immer.

Der Plan

Alle schwiegen, blätterten in ihren Unterlagen oder sahen GAB interessiert an. Kein Lächeln, kein Kopfnicken. GAB dachte an ein Terrarium, aus dem heraus Reptilien ihn ohne Gemütsausdruck anstarrten.

Halb rechts saß ein durchaus hübsches Reptil, eher schon eine schöne Katze mit schrägen Augen und braunroten Haaren, eine Glückskatze mit weißem Fell, denn sie trug einen weißen Medizinerkittel. Daneben ein älterer durchtrainierter Lurch, stahlhart und grau, scheinbar unförmig aber auch irgendwie athletisch. GAB erwartete jeden Moment eine lange rosa Zunge auf sich zu schnellen zu sehen. Was aber nicht geschah.

Vor Kopf die große Unke im Maßanzug flankiert von seinem nervös hin und her blickenden eidechsenhaften Gehilfen.

Der hechelnde Hund am anderen Ende des Tisches wurde scheinbar von allen ignoriert und gemieden, er saß ausgegrenzt da. Zu jeder Seite durch einen leeren Stuhl geschützt. Blickte hin und her, als erwarte er, dass jemand loslegte, sah dann herunter auf seine Unterlagen, sofort wieder die Reihe der Anwesenden entlang, blieb mit seinen suchenden Augen kurz bei GAB stehen, hielt einen Moment lang an, vermied aber sofort den Blickkontakt, als GAB ihn ansah.

Ein kurzes verhaltenes Grinsen der Katze, die alles regungslos beobachtete.

Überraschenderweise begann Jimmy als Erster zu sprechen.

„Wie wir schön erörtert hatten, bietet sich eigentlich nur eine effektive, erfolgsversprechende Lösung für unser Problem an. Wir sind uns darüber einig, dass es nur diese eine Lösung gibt, dass wir aber unbedingt auch weitere Komplikationen vermeiden müssen."

GAB meinte den Hund hecheln zu hören, die Unke grunzen und die Katze ein kurzes Miau von sich geben.

„Ich hatte Ihnen bereits das Profil unseres Freundes vorgestellt, die Unterlagen des Primärprojektes und die Einschätzung der Erfolgsaussichten."

Eine kurze Handbewegung identifizierte GAB als „unseren Freund", der daraufhin von allen Seiten ein gemeinsames Nicken erntete, interessiert oder professionell, abwartend, katzengleich freundlich und unkenhaft verdrießlich zugleich.

„Wir sind uns alle darüber im Klaren, dass ein Abbruch des Tests bei den schon vorliegenden Resultaten auf gar keinen Fall zur Disposition steht."

GAB sah interessiert zur Seite und schaute auf den dicken Hals von Jimmy, durchzogen von Adern und Muskelsträngen, aus dem das Wort „Disposition" in den Raum geworfen worden war.

„Unsere vordringliche Aufgabe muss darin bestehen, herauszufinden, was sich geändert hat." Nach einem kurzen Räuspern der Katze folgte Jimmys Nachsatz. „Und natürlich die letzte Testperson wieder herausholen."

Die schrägen Katzenaugen wurden wieder zu zwei zufriedenen Schlitzen. Die Unke nuschelte etwas zur Eidechse, die hektisch auf ihrem Tablet-Computer zu wischen begann. Der Lurch schien unverwandt GAB zu fixieren, als wolle er gleich aufspringen und ihm zusätzlich den linken Arm verdrehen.

GAB unterdrückte schmerzhaft ein Kichern, in dem er so tat, als müsse er schlucken, was mit trockenem Mund nicht einfach war.

„Wir waren uns einig, dass jemand hineingehen muss, um sicherzustellen, dass unsere Vermutungen richtig sind und um eventuell mögliche Veränderungen direkt vor Ort vornehmen zu können. Aber auch, dass auf jeden Fall ein weiterer Verlust einer Testperson vermieden werden muss. Hier kommst du ins Spiel."

Jimmy lächelte GAB großzügig an und sprach schnell weiter, bevor der dankend ablehnen konnte.

„Das Anforderungsprofil ist in einer der letzten Sitzungen bereits treffend beschrieben worden: vollkommene Projektkenntnisse und Projektübersicht sowohl theoretischer als auch praktischer Natur bei gleichzeitiger, höchstmöglicher Qualifikation zum Einstieg und berechenbaren Chancen zum Abbruch oder Ausstieg von mindestens sechzig Prozent."

Jimmy hielt kurz ein blaues Blatt hoch.

„Wie ich vor kurzem schon erläutert habe, sehe ich nur eine einzige Chance unsere Probleme ohne wesentliche Störungen oder gar einen Abbruch zu beheben. Es muss jemand hineingehen und die Veränderungen analysieren und entsprechend korrigieren. Dafür benötigt er mehr als nur ein grundlegendes Verständnis der einzelnen Cloudlevel. Er muss in der Lage sein, die Level in alle Richtungen selbstständig zu wechseln. Zudem wird es notwendig sein, die zuletzt erzielten Fortschritte bei unserer Rezeptoren-Feedback-Erweiterung an dieser Stelle in die Praxis umzusetzen. Nur so haben wir eine Möglichkeit; GAB zeitnah von außen zu unterstützen."

Nach dem Armverdrehen hielten sie das also für schon geklärt. So wie niemand ihn angerufen hatte, war er bisher auch nicht gefragt worden. Von wegen, GAB geht hinein, hat er ja bereits getan, er ist da Experte, vor allem für nicht zu erwartende Effekte und Ereignisse, macht irgendwas, richtet alles wieder aus, nimmt den jungen Kerl an die Hand, sofern er ihn findet, und bringt ihn wieder mit nach draußen.

Bullshit. GAB spürte, wie ihm ein feiner, kalter Schweiß auf die Stirn trat.

Wozu in ein virtuelles Szenario eintauchen, wo diese Runde schon mehr als genug zu bieten hatte. Der Lurch-Mann fixierte ihn, als könne er seine Gedanken lesen und würde gleich über den Tisch flanken, um ihn in den Schwitzkasten zu nehmen.

Jimmy redete weiter, kurz unterbrochen von Hunde-, Katzen- und Echsen-Fragen, es wurden technische Details besprochen, die GAB nicht interessierten, Diagramme kommentiert, Vermutungen geäußert und als berechenbare Größen dargestellt.

Die hübsche Katzendame sah ihn eine Zeit lang an, als bekäme sie Mitleid mit ihm, schüttelte kaum merkbar den Kopf und sah auf ihre Hände herunter, als wolle sie diese gleich putzen.

Er saß mittendrin, hatte bisher kein Wort gesagt, war nichts gefragt worden, wurde verplant wie ein beliebiger Parameter, „Human Ressource", spürte eine Kälte durch seine Adern ziehen, die ihm mehr als bekannt war, die sich vor langer Zeit eingenistet hatte und bisher nur sporadisch wieder aufgetaucht war. Diese Kälte war zu einem Teil von ihm geworden, selten steuerbar, obwohl er ab und an glaubte, sie beherrschen zu können. Sie war damals über den Helm in ihn hineingekrochen, hatte ihn geschützt, aber auch zeitweise gelähmt. Sie hatte seinen Alltag bestimmt, eine immer wiederkehrende neue Art zu fühlen und zu schmecken, als hätte man ihm in der virtuellen Welt einen zusätzlichen Sinn verpasst. Wobei er sich fragte, wie real die Situation, in der er sich jetzt gerade befand, eigentlich wirklich war. Er hätte jetzt genauso gut aufstehen und Brötchen holen können. Jimmy neben ihm schwitzte auch, aber im Gegensatz zu ihm, dem der kalte Schweiß den Rücken runter lief, verströmte Jimmy den gewohnten Geruch des jetzt voll in Fahrt geratenen Hackers, der alles tun würde für sein Werk. Und GAB wusste, dass das wörtlich zu nehmen war: wirklich alles.

Der Turm

Mark umfasste mit der rechten Hand das kalte, nasse Stahlgeländer, spürte den rostigen Schorf, der seinen Handballen aufrieb, und versuchte stur geradeaus zu blicken. Er hörte die tropfenden Geräusche, ein entferntes Rauschen, als tobe nur wenige Hundert Meter entfernt ein Sturm, roch muffige Luft. Dann folgte erneut das leichte Vibrieren, zuerst nur ein kurzes Zucken, begleitet von einem quälend langen Quietschen. Die Stahlbrücke, auf der sie standen, begann sich wieder zu drehen. In dem riesigen, endlos scheinenden Turm, von dessen Dach Wassertropfen an ihm vorbei ins endlose Dunkel fielen, bewegte sich die stählerne Treppe auf eine Wand zu, die er vor kurzem noch nicht wahrgenommen hatte. Sie waren einer langen Reihe von Treppen, umlaufenden Emporen und weitläufigen Plattformen gefolgt. Hatten stillgestanden, wenn mit lauten, quietschenden Geräuschen die Anordnung von Stiegen und stählernen Wegen sich neu zu ordnen begann. Treppen drehten sich hoch und runter, Stahlwege verbanden sich und Plattformen wurden neu hin und her geschoben.

„Voll krass." Mark ZwO lachte und lies Mark die ersten, zittrigen Schritte auf die Mauer zu machen, noch bevor die Bewegung der Stahltreppe endgültig zum Stillstand kam.

„Nicht runterschauen!"

Mark ZwO hatte schon vor einiger Zeit das Kommando übernommen. Fast automatisch setzte Mark nun Schritt für Schritt leicht schwankend vorwärts, frierend und zitternd, nicht nur vom kalten Wind. Mit einer Hand tastete er sich am Stahlgeländer entlang der Wand entgegen, deren dunkelbraune Steinreihen erste Konturen zeigten. Ein dumpfes lang anhaltendes Dröhnen schwoll von unten herauf, als sei etwas mächtig Großes und Schweres tief heruntergefallen. Mit einem weiten letzten Schritt erreichte Mark die

Wand und lehnte sich mit dem Rücken daran. Spürte, wie diese nachgab, seine Schultern aufnahm, als bestünden ihre Steine aus Wachs. Mit einem leisen Aufschrei fiel er hindurch und sah vor sich die Treppen und Plattformen in einem verrückten Wirbel davonschweben. Warme Luft umströmte ihn, schwerelos wurde er angehoben und zur Seite gedreht.

„Genial." Mark ZwO fand an allem Gefallen, was um sie herum passierte. Mark selbst fand sich in die Rolle des Zuschauers zurückgedrängt und ertappte sich dabei, die Luft anzuhalten. Mehr und mehr wurde er zum stillen Beobachter, während Mark ZwO ihre Schritte lenkte und alle Entscheidungen traf.

Er schloss die Augen und versuchte sich zu erinnern, wie sie hergekommen waren, was sie hier taten. Seine linke Hand tastete zum Stirnband.

„Finger weg!"

Mark gab nach und spürte, wie die wohlige Wärme, die ihn umgab, langsam in sein Inneres eindrang, seinen Atem beruhigte, den Herzschlag entschleunigte. Das mächtige Gefühl der Wärme wich einem tauben Schmerz, ging lautlos über in ein schwarzes Nichts, das ihn von außen durchdrang, als bestünde er aus perforiertem Pergament.

Die Stimme von Mark ZwO verhallte in weiter Ferne, hinterließ ein lang gezogenes Echo, das sich zu einem endlosen Singsang steigerte, der von allen Seiten auf ihn zurollte, ihn durchdrang und schüttelte, um ungehindert wieder davonzutanzen.

Aus einzelnen Worten und Satzfetzen wurde ein Stimmengewirr, steigerte sich zu einem quälend lang gezogenen Choral, der sich immer mehr entfernte und in mahlende Geräusche überging, die mit einem donnernden Hall abrupt auseinanderrissen.

GAB versuchte entspannt zu wirken, lehnte sich etwas in dem Sessel zurück, der an einen Zahnarztstuhl erinnerte, und streckte die Beine aus. Jimmy fummelte an dem Stirnband herum, das er GAB angelegt hatte, und verströmte seinen feinen Arbeitsachselgeruch. Aus den Augenwinkeln beobachtete GAB allerdings Elisa, die rotbraune Katze, und versuchte dabei den Kopf nicht zu drehen, sonst wäre aufgefallen, welches Interesse er zeigte.

Die grünen Katzenaugen blickten ihn kurz an, er vernahm ein feines Lächeln, welches Fältchen an die Mundwinkel zauberte. Dann bewegte sich die Katze geschmeidig auf ihn zu, die rechte Hand mit der Spritze nebensächlich wirkend nach unten dem Boden zu gestreckt.

„Muss das wirklich sein?" GAB versuchte, heiter zu klingen, was mächtig misslang.

Die ganze Zeit, die er während der Vorbereitungen für den Trip schon auf dem Stuhl saß, hatte sich das altbekannte kalte Gefühl eingeschlichen.

Er roch feinen Mandelgeruch und überlegte überrascht, ob er den Elisa zuschreiben durfte, oder der Spritze, deren Spitze sich jetzt fachmännisch geführt einen Weg zu seinen Adern suchte. Eine braunrote Haarsträhne streifte sein Gesicht, während sie sich über ihn beugte und ihm zuflüsterte: „Der Junge ist zurück."

Kaum hörbar, eher ein Hauch von Worten, die er nicht verstand.

Er suchte ihre Augen, wollte einen Blickkontakt erzwingen, aber sie beugte sich über seinen Arm und wischte einen Bluttropfen weg, drehte sich rasch um und ging zurück zu ihrem Tisch.

„X minus zehn."

Jimmys Rücken verbarg einen Teil der Monitore, deren zitternde Kurven und Diagramme in bedrohlichen Farben zu leuchten schienen.

„Eintritt in Level Sieben."

GAB erinnerte sich an Level Sieben nur zu gut. Er spürte einen unangenehmen Geschmack im Mund und musste schlucken. Seine Hände umklammerten die Lehne und er versuchte erneut sich zu entspannen. Aber alles in ihm schien zum Sprung bereit. Es war viel zu spät sich anders zu entscheiden. Ein Teil von ihm wollte aufstehen, den Stuhl und den Raum verlassen, ein anderer Teil gierte nach dem Eintritt in die andere Welt. Neugier und Erschrecken hielten sich die Waage.

Ying und Yang.

„Der Junge ist zurück."

Leise ihm ins Ohr geflüstert, blieb es, einem andauernden Rauschen gleich, in seinen Gedanken erhalten.

„X minus fünf."

Ein kurzes Grinsen über die Schulter.

„Konzentrier dich Kumpel!"

Wider Erwarten zählte Jimmy die letzten Sekunden nicht herunter.

Dann ging es wie schon einmal, der Raum kippte weg, verlor sich zu einem immer kleiner werdenden Schatten in eine Ecke seines Sichtkreise, als sich aus einem bunten Punktemuster heraus die Konturen einer neuen Welt bildeten.

GAB lehnte sich an die bronzene Wand und schaute geradeaus in die dunkle Leere. Er holte tief Luft, zwang sich langsam und bewusst zu atmen, während ein Teil von ihm in Starre verfiel und sich dagegenstemmte. Vor sich eine endlose Schwärze, neben sich die Wand in ihrem Metallglanz, daneben der Ausblick auf den sauberen rechten Winkel von in die Ferne verschwindenden runden Kuppeln. Er stand nun ruhig in einer dieser Kugeln, leicht vorgebeugt, blickte nach rechts und links, sah die endlose Reihe der Kuppeln neben seiner, jede mit den anderen durch bronzefarbene Röhren verbunden. Ein Anblick, den er schon einmal genossen hatte, das Architektur gewordene Apfelmännchen vor der unendlichen Kulisse des ausgestorben schwarzen Raumes. Und er stand mittendrin, nah der Grenze zwischen absoluter Leere und sich stetig wiederholender Vielfalt.

Er musste kurz an die grüngrauen Katzenaugen denken, den feinen Mandelgeruch und hielt beides fest, wohl wissend, dass es sich lohnen konnte, dafür zurückzukehren.

Etwas bohrte in seinen Nacken hinein, zog mit einer Vibration über seine Gedanken und knackte leichte rauschend: „Du bist drin.“

Jimmys verfremdete Stimme durch das genial verbesserte Feedbacksystem. Damals hatte es das nicht gegeben und hier würde es auch nicht immer funktionieren. Eine letzte Bestätigung, dass es irgendwo noch eine andere Welt gab, mit der nutzlosen Bekräftigung, dass er jetzt hier war.

„Sehe ich auch.“

Das war das Einzige, was er bereit war zu antworten, ohne zu wissen, ob es von den anderen gehört werden würde.

Wie damals konnte er auch nun nicht widerstehen, ein lautes „Hallo“ in die Schwärze hinaus zu rufen. Ein „Hallo“, das leise verhallte und im

Nichts verschwand. Dann drehte er sich entschlossen herum, schaute durch die großen offenen Stellen seiner eigenen Kugel in das Geflecht der Millionen anderen Kuppeln hinter sich, ließ den Anblick wirken und sagte erneut: „Hallo".

Und jetzt rollte es davon, vervielfacht von jeder Kugel. Weitergegeben an die Nächste, den Röhren und Kuppeloberflächen sanft folgend, mehrfach wieder zurück gesandt, sich zu einem Konzert von Hallo-Rufen verbindend, das Geschwindigkeit aufnahm, sich weiter steigerte, bis sein Stakkato zu einem Rauschen anschwoll, das abrupt abbrach.

„Ich bin wieder hier."

Er musste fast lachen, als er es aussprach und kam sich hysterisch und albern vor.

Wieder rollten seine Worte davon, vervielfältigt zu einem lang gezogenen Choral, der die Kuppelhallen durchströmte, um sich in der Endlosigkeit zu verlieren.

GAB wusste, dass nun eine Entscheidung anstand, die ihm niemand abnehmen konnte: Es gab nur zwei Wege, die er gehen konnte, hinein ins Labyrinth oder hinaus in die Schwärze.

Den einen war er schon gegangen, der andere stieß ihn ab. Jener winzige Schritt hinaus in die Unendlichkeit, dabei die Angst überwindend in die Tiefe zu fallen.

Er zögerte bewusst die Entscheidung hinaus, hier konnte ihn niemand mehr drängen.

Auf der einen Seite der lange und beschwerliche Weg durch das Kugelgewirr, das aber letztendlich in die grüne Welt mit den Windseglern und dem Ziel, der blauen Bibliothek, führen würde, die er gerne wiedergesehen hätte. Auf der anderen Seite das Unbekannte, noch nie erforschte, in dem sich das zweite Persönlichkeitsdiagramm gezeigt hatte. Wenn es dennoch da war.

„Der Junge ist wieder zurück."

GAB überlegte, ob er abbrechen sollte, und schaute hinaus in die Schwärze.

Wenn der Junge zurückgekehrt war, dann gab es womöglich kein zweites Persönlichkeitsdiagramm mehr. Aber warum hatte Jimmy das verschwiegen und ihn hierher geschickt? Hatte er in Erfahrung gebracht, warum GAB damals abgebrochen und sich aus dem Projekt zurückgezogen hatte?

Jimmy hatte nie alles gesagt, was ihn bewegte Dinge zu tun oder zu unterlassen. Immer war er seinem Ziel gefolgt, hatte Wege beschritten, die andere für unmöglich, für Hirngespinste hielten. Aber er hatte sein Ziel immer erreicht.

Koste es, was es wollte.

Was würde ihn da draußen erwarten?

Seine Augen nahmen nichts wahr, keinen Reflex, keinen Lichtschein, nichts, einfach nur Schwarz.

Was mochte dort verborgen sein?

Eigentlich hätte er es wissen müssen, aber genau das hatte ihn neugierig gemacht und seinen Widerstand gebrochen: Niemand außer ihm ahnte es.

Jimmy hatte ihn geschickt geködert, gewusst, den Jungen zu retten würde einen schönen Vorwand liefern. Aber den eigentlichen Grund lieferte die eigene Neugier.

Was war hier los, was hatte sich so dramatisch verändert, das eine virtuelle Welt, die sie selbst geschaffen hatten, nun begonnen hatte sich von selbst zu erweitern, neue Personen anzusiedeln, neue Level zu erschaffen?

Als wenn aus einem Echo urplötzlich das Abbild des Rufers erschaffen wurde, das höhnisch zurückblickte auf den, der gerufen hatte, als wolle es sagen: „Selber schuld, das hast du jetzt davon."

Die Büchse der Pandora.

Oder sie waren weiter vorgestoßen, als man hätte annehmen können. Was, wenn hier die virtuelle Welt endete und an den Rand einer anderen stieß. Vielleicht war die Welt, die sie erschaffen hatten, zu einer Art Zwischenwelt geworden, zu einer Brücke zwischen anderen Welten.

Jimmys Lieblingstheorie, wie GAB wusste.

GAB schüttelte den Kopf, so kam er nicht weiter, er musste sich entscheiden für einen der drei Wege: Abbruch, neugieriges Herumstreifen oder Neubeginn, die Reise ins Unbekannte.

Er stand vorn am Beginn zur Unendlichkeit, sah seine Füße in den modischen Mokassins auf bronzenem Metallboden stehen, die Fußspitzen über den Rand ragend, nur einen einzigen Schritt entfernt von, ja von was?

Noch hatte er einen Körper, an den er sich erinnerte, den er steuern konnte, der ihm zu gehören schien. Noch reiste er in Erinnerungen, seinen eigenen Erinnerungen und Traumgebilden.

Was, wenn das einen knappen Schritt entfernt nicht mehr galt?

Wie sollte er dann abbrechen und zurückkehren?

Es gehörte eine Menge Training dazu und man musste von vorneherein dafür geeignet sein, um den Abbruch selbst herbeiführen zu können. Eine Hürde, die bisher nur sehr wenige überwunden hatten.

Es gab genug, die es nicht geschafft hatten. Aber an die wollte sich GAB nicht erinnern. Er beugte sich leicht vor, begann vorsichtig sein Gewicht zu verlagern, behielt aber den Schwebezustand zwischen bekannt und unbekannt bei. Er war von der Wand weggetreten, hielt nun nur noch mit den Füßen Kontakt zu seiner Kuppel und schaute geradeaus, ohne etwas zusehen.

„Egal jetzt, geh hinaus und schau es dir an!"

Das klang irgendwie nicht überzeugend, beim Anblick von etwas, das nichts wirklich zu enthalten schien.

„Verfluchte Scheiße!"

Das half, er tat diesen einen entscheidenden Schritt, von dem niemand wissen konnte, ob irgendjemand das erfahren oder bedauern würde.

Mark saß nervös am Tisch und sah auf die Hände des großen Mannes, den er als Jimmy kannte. Jimmy der Boss, der immer schwitzende Muskel-Riese. Auf dem Tisch verteilt lagen Mappen, Blätter mit bunten Diagrammen, endlosen Zahlenkolonnen und ein Tablet, auf dem irrwitzige Muster dahinrauschten. Jimmy blickte ab und zu auf das Gewirr von Mustern, runzelte kurz die Stirn, blickte einmal zu Elisa, die neben ihm saß und Mark anlächelte.

„Und du hast keine Erinnerungen mehr an das letzte Level?"

Die Frage schien belanglos hingeworfen, der mächtige, vorgebeugte Oberkörper von Jimmy sagte aber etwas anderes. Mark konnte nur den Kopf schütteln. Elisa beobachtete den schüchternen Jungen und empfand Mitleid mit ihm.

„Erzähl uns von dem zweiten Ich, seit wann hast du es empfunden?"

Mark sah sie an, wendete den Blick wieder ab und dachte kurz nach. „Ich glaube, er war nach dem Test zum ersten Mal da."

Jimmy griff wieder ein: „Der Einstellungstest mit den Gleitern in der grünen Welt?"

Mark nickte und fühlte sich unbehaglich, am liebsten hätte er gar nicht davon erzählt, aber irgendwie mussten sie es erfahren haben. „Ja, von da an war er da und hat sich mit mir unterhalten."

Elisa schien das mehr zu interessieren als Beschreibungen der einzelnen Level, die er besucht hatte. „Wie dürfen wir uns das vorstellen, er hat sich mit dir unterhalten? Wie genau hast du das empfunden?"

„Tja…" Mark fühlte sich unsicher bei dem direkten Blick aus den grünen Augen, die so kalt wirkten. So anders, als wollten sie nicht zu dem lächelnden Mund mit seinen freundlichen Fältchen gehören.

„Er hat gesagt, ich hätte mehr Geld fordern sollen." Kaum hatte er das gesagt, bedauerte er es schon wieder. Aber was hätte er sonst sagen sollen. Mark ZwO hatte das ja wirklich gesagt.

„Und jetzt ist er nicht mehr da?" Jimmy wischte mit der einen Hand über den Tablet-Bildschirm, während die andere mit dem Zeigefinger eine Zahlenkolonne auf einem der Blätter entlangfuhr und plötzlich innehielt.

Mark nickte mit dem Kopf und spürte gleichzeitig die Erleichterung, dass es wirklich so war.

„Was geschah in der Bibliothek? Du weißt schon, der große blaue Turm in der grünen Ebene." Jimmy ließ nicht locker. Die Zeit schien nicht vergehen zu wollen, seine Fragen blieben scheinbar allgemein und uninteressiert, um dann plötzlich wieder ganz konkret zu werden. Fordernd und unnachgiebig, dabei von Elisas Einwürfen unterbrochen. Mark war sich nicht mehr sicher, ob ihr Interesse wirklich nur seinem Gesundheitszustand galt. Irgendwie wirkte es, als spielten sie mit ihm „Guter Cop, böser Cop", wie in einem Film, den er einmal gesehen und dessen Titel er nicht mehr behalten hatte.

Er konnte sich nicht mehr genau an den Weg in die Bibliothek erinnern, wusste nicht mehr, wie er hineingelangt war. Aber an das Buch konnte er sich erinnern und daran, wie Mark ZwO ihn immer wieder aufgefordert hatte es durchzublättern und darin zu lesen. Und das, obwohl er die Zeichen und Formeln überhaupt nicht verstand. Er hatte Mark ZwO Dinge sagen hören, die er so noch nie vernommen hatte. War wieder gezwungen worden weiterzublättern, eine Passage immer und immer wieder zu lesen, obwohl er sicher war, sie nicht entziffern zu können.

„Was war das für ein Buch? Wie fühlte es sich an? War es dick oder schmal, ein Paperback, oder hatte es einen Einband aus Leder?" Elisa lächelte und berührte ihn kurz am Arm, sodass er fast zurückgezuckt wäre, was er zum Glück nicht tat.

Mark schüttelte den Kopf: „Eigentlich war es kein richtiges Buch, eher wie eine Mappe mit einzelnen Seiten." Er nickte zu einer der Mappen, die auf dem Tisch verteilt waren.

„Welche Farbe hatte das Buch?" Jetzt hatte er Jimmys Interesse geweckt. Mark erwartete im ersten Moment, dass Jimmy aufstehen und zu ihm herüberkommen würde.

Die Mappe hatte eigentlich gar keine Farbe gehabt, ihr Material hatte sich kalt angefühlt, sie war Mark durchsichtig und irgendwie unwirklich erschienen. Umständlich versuchte er das zu beschreiben und sah verblüfft, wie ein breites Grinsen Jimmys Gesicht auseinanderzog.

„Okay, ich glaube, für heute reicht es. Du musst dich erst noch ein wenig erholen. Wir können morgen weitermachen."

Jimmy schob ein paar Blätter nachlässig zu einem Papierstapel zusammen und sah Elisa an: „Was meinst du?"

Als Elisa nicht antwortete, sondern nur nickte, stand Mark unsicher auf und verließ den Raum, froh den endlosen Fragen endlich entrinnen zu können. Fragen, deren Sinn er teilweise verstand, aber auch Fragen, die ihn zurückwarfen in das Gefühl einer Leere und Verlorenheit, die ihn die letzten Stunden seit der Rückkehr nicht mehr verlassen hatte.

„Was meinst du?" Jimmy sah Elisa an und lehnte sich in seinem Stuhl so weit zurück, dass dessen Lehne bedenklich knackte.

„Er scheint das wirklich so empfunden zu haben. So, wie er die Gespräche schildert, als sei das wirklich ein Teil von ihm gewesen, der mehr und mehr die Kontrolle übernahm und die Entscheidungen traf, entspricht das den Symptomen einer DIS."

Jimmy hob kurz eine Augenbraue und wartete.

„Dissoziative Identitätsstörung oder multiple Persönlichkeitsstörung, oft in Trance oder nach traumatischen Erlebnissen auftretend."

„Aber das hat er jetzt nicht mehr?"

Elisa wiegte den Oberkörper hin und her, unentschlossen sich eine Haarsträhne aus der Stirn wischend.

„Es ist noch zu früh, um das zu sagen, aber im Moment zeigt er keine Symptome und so, wie er darüber spricht, mit diesem Abstand und dieser Klarheit, glaube ich nicht. Aber sicher bin ich mir nicht."

„Und was hältst du davon, dass er es so schildert, als hätte ihn der andere herausgeworfen?"

Elisa betrachtete die bunten Muster auf dem Tablet, als überlege sie, diese zu berühren. Blickte Jimmy kurz an, fuhr mit dem Daumen an der Seite ihrer Unterlagen entlang und atmete einmal tief durch.

„Es wirkt alles so, als sei diese Person über das Experiment in ihn eingedrungen, hätte ihn darin gesteuert, ja fast benutzt, um ihn dann zum Schluss wieder herauszudrängen."

Sie machte eine kurze Pause und lächelte.

„Und ehrlich, irgendwie werde ich das Gefühl nicht los, dass du das längst gewusst hast. Dass euer Experiment genauso geplant war, von Anfang an."

Jimmy korrigierte nachlässig: „Unser Experiment".

Helles, gleißendes Licht.

Nur Licht, jetzt rötlich schimmernd hinter geschlossenen Augenlidern. Geräusche eines Meeres, von Wellen, die an den Strand liefen, sich aufbäumten und rollend zusammenfielen.

GAB wagte nicht, die Augen zu öffnen.

Der Schmerz in den Augen war noch zu stark. Es war kein Blitz gewesen, nur der direkte, nahtlose Übergang von Schwärze ins Licht, übergangslos, vollkommen unvermutet, stark und heiß.

Er versuchte zu blinzeln, schloss die Augen aber sofort wieder, er spürte nur unendlichen Schmerz, blieb blind.

Das Rauschen der Wellen in seinen Ohren schwächte sich ab, verlor sich zu einem leisen Summen.

„Digitaler Tinnitus“, sagte er zu sich selbst.

Vorsichtig versuchte er noch einmal zu blinzeln und ließ das gleißende Licht in sich eindringen.

Er fühlte mehr, als dass er sie sah, aufrecht stehend, schwebend und dennoch fest verankert, die Welt aus silbernen und weißen Lichtstreifen, zu Wirbeln verzogen, die in der Mitte zu gleißenden Strukturen verschmolzen, aus denen fast durchsichtige blaue Lichtschwaden davonzogen. Ein Universum von farbigen Spiralen, ein Ausblick auf Lichtgalaxien.

GAB konzentrierte sich auf den Mittelpunkt einer Spirale direkt vor seinen kaum noch geblendeten Augen, die sich an diese Welt gewöhnten. Langsam bewegte er sich auf den Mittelpunkt zu oder dieser begann, ihn heranzuziehen.

Eine blaue Wolke nahm ihn auf und gab ihn gleich wieder frei, dabei feine neue Streifenmuster verteilend, die mit ihm zusammen der Mitte entgegen schwebten, als umgäbe ihn ein bläulich schimmernder Umhang aus feinstem Garn.

„Da bist du ja wieder. Sei willkommen."

Zuerst dachte GAB, das Feedbacksystem hätte Jimmys Stimme durchgelassen, aber die Stimme war vertraut und gehörte zweifellos nicht Jimmy. Sie kam aus einer entfernten Zeit, in der er noch neugierig, und voller Tatendrang ein Universum aus seinen Träumen geschaffen hatte. Damals war sie der Grund gewesen, das Experiment abzubrechen und in die vertraute Welt ohne Stimmen im Kopf zurück zu fliehen.

„Wir wussten, dass du wieder kommen würdest."

GAB dachte an einen riesigen Zyklopen mit einem einzigen weißen Auge, blind und allgegenwärtig. Umgeben von seinen nicht zählbaren Armen, die nach allem griffen, was in ihre Reichweite gelangte. Ein mythischer Riese mit Spiralarmen und der Stimme eines Allmächtigen, die das Universum erzittern ließ.

Geschaffen von irren Göttern, zum Spaß und Zeitvertreib, losgelassen und vergessen, sein Unwesen treibend mit allen, die sich ihm näherten.

„Wir haben deine Unterlagen gelesen und müssen sagen: Das war wirklich hilfreich."

GAB erinnerte sich an die blaue Bibliothek und seine anfänglich vergeblichen Versuche in der virtuellen Spielwelt Information zu verstecken, die seine Unabhängigkeit von Jimmy und dem Projekt gewährleisten sollten. Vor allem aber ihn in die Lage versetzen konnten, wann immer er wollte zurückzukehren.

Ein einäugiger, blinder Riese, der lesen konnte und von sich im Pluralis Majestatis sprach.

GAB schüttelte den Kopf und blaue sanfte Lichtschwaden schwebten davon. Er hob einen Arm und sah auf seine Hand, die kaum den Hintergrund verdeckte. Selbst nur ein durchscheinendes Staubgebilde, aus Punkten und Streifen zusammengesetzt, fein und mit angedeuteten Konturen, als hätte der unsichtbare Maler einen ersten Pinselstrich auf die Leinwand gesetzt. Das war neu und widersprach den bisherigen Erwartungen. Hatte er in jedem anderen Level sich selbst wahrgenommen, klar und scharf umrissen, sich selbst anfassen und fühlen können, so blieb er hier und jetzt, ein Teil dieser Welt, eine Spur aus farbigem Licht in einem Universum aus Strahlen und Schleiern. Einen Moment lang versetzte ihn der Gedanke, möglicherweise auseinanderwehen zu können, in atemlose Bewegungslosigkeit.

„Da hast uns etwas versprochen."

Der bisher belustigte Unterton in der mächtigen Stimme war einer schärferen und nachhaltigeren Tonart gewichen.

GAB hatte gehofft sich zu irren, nur mit Erinnerungen zu spielen, alle Möglichkeiten eines Traumes auszuleben, aber das hier war offensichtlich etwas anderes, auf unangenehme Weise real wiederbelebt. Keineswegs ein Teil von ihm selbst, auch nicht ein selbst erdachter Spielkamerad. Das hier war, wie schon einmal, vollkommen selbstbestimmt. Ein Akteur, den es eigentlich nicht geben durfte, der sich nicht vertreiben ließ, mehr noch, der angefangen hatte, seine eigene Welt nach eigenen Gesetzen zu erschaffen. Der unheimliche Beobachter aus der blauen Bibliothek, der offensichtlich verstanden hatte, was GAB tat, als er seine Aufzeichnungen damals anfertigte. Nun hatte GAB den Fehler begangen, seine eigene virtuelle Welt zu verlassen und die eines anderen zu betreten. Die spontane Bewegung seines rechten Armes hinterließ eine Nebelspur, die sich aufblähte, als wolle sie ihn verspotten. Aber sein Arm, wenn auch nur leicht dahingemalt, blieb ihm erhalten. GAB hätte sich gern in einem Spiegel gesehen, aber den konnte er hier nicht erwarten.

„Wir haben euch gesucht, dich aber nicht gefunden."

GAB schüttelte seinen Nebelkopf und sah das Spiralgebilde vor sich erzittern, leicht auseinanderfließen, neue Lichterketten bilden, die sich anzogen und wieder abstießen, neue feine Strukturen bildeten.

Was, wenn der, wer er auch immer er sein sollte, in seiner Welt gewesen war? GAB verstand seine eigenen Schlussfolgerungen nicht.

Jetzt hätte das neue und so vollmundig angepriesene Feedbacksystem funktionieren sollen. Irgendwie musste er hier heraus, jetzt und schnell, ohne Aufsehen zu erregen.

Er versuchte sich seine Lieblingskatze vorzustellen, das rotbraune Haar, die grünen Augen, den feinen Mandelgeruch. Irgendwann musste die Spritze doch wirken. Jimmy schien mehr gewusst zu haben, als er zugegeben hatte, dass er diesen ultimativen Ausweg ersonnen hatte. GAB hatte erst mit seiner Zustimmung gezögert, sich letztendlich aber motiviert durch das bestimmende Kopfnicken von Elisa bereit erklärt, diese Alternative mitzutragen. Und nun musste er darauf vertrauen, dass ihr Serum wirkte, zum richtigen Zeitpunkt ansprach, ihn bewusstlos machte, in einer anderen Welt, und ihn aus dieser herausholte, zurück in die, in der er auf einer Liege lag.

Er konnte nur hoffen, dass der Gott dieser Welt davon nichts mitbekam.

Abbruch!

Er wiederholte diesen Gedanken mit geschlossenen Augen, versuchte sich an den Raum zu erinnern, in dem er lag, sah vor sich aber eine Bäckereiauslage mit warmen Croissants, einen echsenhaften, großen Mann, der sich vordrängte, eine Kröte beiseiteschob, die mit ihrer rosa Zunge beinahe den Brötchen Belag erreicht hätte.

„Du bist uns etwas schuldig."

Die Stimme war bedenklich fordernd geworden, ihr Nachhall eindringlicher und mit einem schärferen Unterton.

„Du musst uns besuchen."

Die Lichtwirbel beschleunigten und stoben davon, ein schwarzer endloser Raum wurde sichtbar und begann sich auszubreiten.

Abbruch!

Verdammt, er konnte nichts tun, als immer wieder daran denken, hoffen, dass das Ungeheuer nicht seine Gedanken lesen konnte. Hoffen, dass seine Gedanken nicht zu dieser Welt gehörten.

„Wir wollen, dass du uns besuchst!"

Aus der zunehmenden Schwärze klang es ihm wie jetzt wie ein Schrei entgegen. Eine ferne Lichtexplosion sandte ihre Korona aus. Sie begann sich in schweren, heißen Wellen auszubreiten, rauschte ihm entgegen und blendete ihn.

Um Gottes willen, Jimmy, tue endlich mal das Richtige zur richtigen Zeit.

Ein knarzendes Geräusch überdeckte seinen Gedanken, vermischte sich mit dem tosenden Rauschen. Es zerrte an ihm.

Jimmy, du verdammter Hund, tu endlich was.

Abbruch

Jimmys Finger glitten über die Tasten der Keyboards, die vor ihm ausgebreitet lagen. Elisa konnte nur das Klicken hören, sah auf den mächtigen Rücken, der jetzt eine Anspannung verriet, die sie bei ihm noch nicht gesehen hatte.

„Achtung!" Jimmy schnaufte.

Elisas Hand an der Injektion zuckte.

„Jetzt!" Mehr ein Schrei, als ein Ruf.

Elisa entließ die wässerige Emulsion in GABs Adern. Am liebsten hätte sie das beschleunigt, konnte aber nur den Puls fühlen, der viel zu hoch war und rasend durch die Adern schlug.

Jetzt würden sich die beiden Substanzen mischen, die eine, am Anfang des Experiments verabreichte und die, welche jetzt ihrem Ziel entgegen kroch. Viel zu langsam, wie sie meinte.

GABs Augenlider zitterten, seine Hände ver-krampften sich an den Lehnen des Stuhls, sein Oberkörper bäumte sich kurz auf, um dann wieder zurückzusinken.

Eine schwache Stimme flüsterte: „Jimmy, ich bringe dich um."

GAB lag da, sah sie direkt an, nahm sie aber nicht war.

Elisa hörte, wie Jimmys Hände über die Tastaturen flogen, die Bildschirme begannen, einer nach dem anderen schwarz zu werden.

Jimmy fuhr das System herunter. „Das war knapp." Sein Grinsen fiel nicht sehr überzeugend aus.

GAB hatte die Augen geschlossen und atmete tief durch, sank einer Ohnmacht entgegen. Der Puls pendelte sich ein, der angespannte Körper lockerte sich und sank in der Liege zurück.

GAB versuchte die vor ihm liegenden Unterlagen vorsichtig zu ordnen, ohne dass den beiden anderen auffiel, wie stark seine Hände noch zitterten. Elisa lächelte ihn jedoch an, legte kurz ihre schmale Hand auf seinen Arm: „Das sind die Nachwirkungen, wir mussten ein zweites Serum spritzen, damit das Erste rechtzeitig zu wirken begann."

Soweit zu den Vorhersagen und Planungen. Nicht nur, dass er zugestimmt hatte, sich überhaupt etwas in die Adern jagen zu lassen, sie hatten ihn mit weiteren Mittelchen vollgepumpt, die immer noch seine Muskeln zittern ließen. Wobei er sich zu Elisas Ehrenrettung eingestand, dass auch seine Erinnerungen an die Spiralwelt dazu beitragen konnten.

„Du hast es gewusst!"

Jimmy, so angesprochen, hob abwehrend die Hände, grinste verschwörerisch und ließ sich nicht aus der Ruhe bringen.

„Komm schon, als du damals verschwunden bist, ohne etwas zu sagen, musste ich schon alles aufbieten, um herauszubekommen, was geschehen war. Und glaub mir, das war eine Meisterleistung.“

Er schob GAB einen Bogen mit Zahlen und Diagrammen herüber und sprach unbeeindruckt weiter, während Elisa ihn mit geneigtem Kopf, der ihre Haarpracht seitlich fallen ließ, dabei beobachtete.

„Als du damals den Test abgebrochen hast, fiel uns zuerst nichts auf. Erst dein plötzliches Verschwinden, was, wie du zugeben wirst, schon einer Erklärung bedurft hätte, ließ uns weitersuchen.“

Jimmy kratzte sich unbeholfen an der Nase, schaute kurz auf seine Fingerkuppe, als wolle er sich überzeugen, ob sich das auch gelohnt hatte, und sprach weiter.

„Uns wurde recht schnell klar, dass wir weiter vorgestoßen sind, als wir geplant hatten. Du hast es ja selbst bemerkt. Die Anomalie in der Bibliothek hat sich bis ins siebte Level fortgesetzt und dort …“

Jimmy wiegte den dicken Schweißperlenkopf hin und her.

„Wie wollen wir es nennen? Sagen wir, es hat sich etwas Neues gebildet oder …“

Er beugte sich ein wenig vor und seine Stimme wurde verschwörerisch leiser.

„Wir sind an den Rand von etwas gestoßen, dass wir selbst nicht programmiert haben.“

GAB lehnte sich zurück und schüttelte den Kopf:

„Und der Test mit dem Jungen?“

Einen Moment lang schien es ihm, als würde Elisas Gesicht eine leichte Röte zeigen. Ob vor Scham oder aus Zorn wollte er nicht entscheiden.

„Nun, unsere neuen Projektpartner wollten natürlich wissen, was wir erreicht haben, also mussten wir weitere Tests fahren. Und ich sage dir, mit bahnbrechendem Erfolg."

Jimmys Stolz erfüllte den Raum, seine Selbstgefälligkeit erreichte das bekannte Maß und GAB hätte ihm jetzt gerne dafür die Faust ins Gesicht gestreckt.

„Was genau wollen denn deine Partner damit anfangen? Ich gehe doch mal davon aus, dass wir den Bereich der innovativen Spieleentwicklung längst verlassen haben."

Für das „wir" hätte GAB sich am liebsten nachträglich auf die Zunge gebissen, sprach aber weiter: „Wollt ihr Soldaten eine zweite Persönlichkeit einimpfen oder multiplen Persönlichkeiten eine weitere hinzufügen?"

Er begann sich in Rage zu reden und ließ nicht locker.

„Wir haben virtuelle Welten entwerfen wollen, haben uns Radziwills Gemälde als Ausgangspunkt und Vorbilder gewählt, ich bitte dich, für was soll das jetzt taugen? Wer will das denn nun weiterverwerten und mit welchem Interesse? Wie heißt das Projekt jetzt eigentlich? Habt ihr ihm einen neuen Namen gegeben?"

Irgendwie war er vom Weg abgekommen und lehnte sich erschöpft zurück, stieß die Unterlagen mit den Fingerspitzen von sich, eigentlich wollte er gar nichts mehr hören und erst recht nicht das Gefühl haben, dazuzugehören.

„Komm mach uns nichts vor. Du weißt selbst, auf was wir gestoßen sind. Und nebenbei, das Projekt heißt jetzt ‚Operation Brain Cloud'."

„Was für ein hübscher Name." GAB wusste, dass sein ironisches Lächeln zu erschöpft ausfiel, um zu wirken.

Jimmy ließ sich nicht aus der Ruhe bringen, einmal auf den Weg gebracht, ließ er sich nicht mehr stoppen.

„Nun gut, fassen wir die Fakten zusammen: Nach der Erweiterung des Systems haben wir neue Testpersonen angeworben, du warst ja nicht mehr verfügbar.

Bei den Eignungstests fiel uns Mark auf, der, wie wir im Nachhinein feststellen konnten, durch diesen Test schon infiziert wurde. Elisa kann dir ihre Untersuchungsberichte zeigen, die schon recht eindrucksvoll sind. Er hat den, nennen wir ihn den Besucher, mit sich herumgetragen, auch außerhalb des Systems, bis er selbst von diesem wieder aus unserem System geworfen wurde. Du hast dann letztlich bewiesen, dass es neben oder hinter den Levels, die wir geschaffen haben, etwas gibt, was eindeutig nicht zu unserem System gehört. Die alles entscheidende Frage ist einfach und klar: Wo geht es da hin, wer oder was verbirgt sich da und hat Zugang zu unserem System, kann es beeinflussen, reist im Kopf unserer Testperson mit aus dem System und schaut sich unsere Welt an?

Und sage mir jetzt nicht, du willst das nicht wirklich wissen."

Jimmy schnaufte: „Wenn du es nicht schon längst geahnt hast und darum damals abgehauen bist."

GAB wusste, dass Jimmy recht hatte, wollte ihm das aber nicht zugestehen.

„Vielleicht sollten wir Elisas Untersuchungen miteinbeziehen, die einen nicht unerheblichen Einfluss auf unsere neue Ausrichtung hatten.“

Jimmy nickte ihr auffordernd zu und Elisa wandte sich direkt an GAB, legte die Handflächen zusammen, runzelte leicht die Stirn, wobei GAB mit Freude die kleinen Fältchen um ihre Mundwinkel entdeckte, die er nun ohne aufzufallen lange betrachten konnte.

„Vielleicht sollte ich zuerst einen kurzen Abriss bieten, aus welchen Forschungsbereichen und mit welchen Ergebnissen, die wir hier zusammenfließen lassen, wir es zu tun haben.“

Sie hielt kurz inne und zeigte GAB ihr bezauberndes Lächeln.

„Die Verwendung von Lysergsäurediethylamid oder auch LSD war nach seiner Entdeckung in den vierziger bis sechziger Jahren ein oft eingesetztes Mittel in der tiefenpsychologischen Forschung, wurde teilweise als Allheilmittel zur Behandlung von Psychosen angesehen. Während des Kalten Krieges gab es sogar Versuche, dieses zur Bewusstseinskontrolle einzusetzen. Wenn man diese Forschungsergebnisse mit den heutigen Erfolgen und Erkenntnissen bei der Untersuchung sogenannter multipler Persönlichkeitserfahrungen vergleicht, stößt man auf interessante Parallelen, die im Zusammenhang mit der Beschreibung eines Erlebnishorizontes von Personen starke Ähnlichkeiten mit dem Versuch virtuelle Wirklichkeiten zu erschaffen aufweisen."

GAB versuchte den letzten Satz zu verstehen, aber Elisa sprach routiniert weiter. Eine Elisa, die von der scheinbar zurückhaltenden und etwas schüchternen Ärztin zu einer starken und unbeirrbaren Forscherin mutiert war.

„Die allem zugrunde liegende Frage, was jemand für real hält, was für ihn als wirklich erlebt gilt und was er sich nur einbildet oder erträumt, führt durch die Erschaffung von digitalen virtuellen Welten, wenn sie perfektioniert werden, zu einer interessanten Analogie. Nämlich der, wie unser Gehirn Erfahrungen und Erlebnisse in der realen Welt verarbeitet im Vergleich zum digitalen Erlebnishorizont von virtuellen Welten, in denen wir ähnliche Erfahrung auf doch sehr vergleichbarer Mustererkennung erleben." Elisa schaute ihn an, schwieg und schien alles gesagt zu haben.

Kurz knapp und heftig.

Bevor GAB das Gehörte für sich sortieren und richtig verarbeiten konnte, sprach Jimmy ergänzend weiter.

„Wenn wir jetzt noch einen kurzen Ausflug in moderne philosophische Denkansätze wie die der Möglichkeit eines Multiversums oder dem Vorhandensein von parallelen Welten machen, dann wird ein Schuh daraus."

GAB fühlte sich ausgepumpt und leer, hätte jetzt gern Kopfschmerzen gehabt anstelle der rotierenden Gedanken. Er versuchte für sich, auf den Tisch stierend, die Blätter wieder zusammenschiebend, das Gehörte zu ordnen, in eigenen Worten zu formulieren.

„Das heißt im Klartext, das, was wir hier machen, ist im weitesten Sinne eine Erweiterung unseres Erlebnishorizontes mit anderen Mitteln, was möglicherweise unsere bisherige Beschränkung aufhebt. So was wie Zeitreise, Übergang in Parallelwelten oder so ähnlich?"

Jetzt hatte er wieder „wir" gesagt.

„Das trifft genau den Punkt!" Jimmy nickte zufrieden.

„Und du, als Erschaffer der Level, du, der als Einziger, wenn er im System ist, das System auch selbst verändern kann, schließlich haben wir es ja auch aus deinen Träumen und Fantasien geschaffen, bist der Einzige, der eine konkrete Antwort liefern wird."

GAB wusste genau, was damit gemeint war, was von ihm erwartete wurde. „Wenn ich wieder hineingehe."

So verrückt würde er aber nicht sein, mochten sie ihm den Arm auf den Rücken drehen, ihm irgendein Zeug in die Venen jagen, oder was immer ihnen noch einfiel.

Die grünen Katzenaugen sahen ihn interessiert an und GAB fühlte sich ein wenig wie eine Maus, die ihr Schicksal schon ahnend, sich dennoch selbstverliebt die Schnurrbarthaare putzte.

GAB ließ seinen Zopf los, den er gedankenverloren glatt gestrichen hatte und lachte: „Das könnt ihr aber mal komplett vergessen."

Jimmys Grinsen und Alisas Lächeln sagten etwas ganz anderes.

GAB hatte darauf verzichtet in der grünen, weiten Welt die Segelgleiter zu benutzen, obwohl er das früher immer als besonderen Reiz dieses Levels empfunden hatte. Nach einer langen Diskussion hatte er diesmal auch darauf bestanden, ohne medizinische Hilfsmittel zurückkehren zu wollen. Und jetzt stand er hier, mitten in der blauen Bibliothek, entworfen nach seiner Fantasie und angelehnt an ein Gemälde, welches ihn einmal sehr beeindruckt hatte. Der große, runde Raum, dessen Wände aus durchsichtigen Regalen bestanden, deren Lücken zwischen den Buchrücken einen Blick in die grüne Welt gestatteten, lag unverändert vor ihm. Er hatte, bevor er damals die Bibliothek verließ, einen dunkelbraun gemaserten Tisch in der Mitte entstehen lassen und darauf seine „Mappe" gelegt.

GAB grinste und gratulierte sich noch nachträglich zu diesem Gedankenblitz. Die „Mappe", ein Sammelsurium von Zeichnungen, Formeln und Diagrammen, die er aus dem Gedächtnis locker als virtuelles Buch hingeworfen hatte, das man durchblättern konnte, dessen Geheimnis sich jedoch zwischen den Blättern befand. Erst wenn man das Buch gegen die blau strahlende Lichtquelle in der Kuppel der Bibliothek hielt, zwischen bestimmten Seiten hindurch nach oben blickte, konnte man das erkennen, was er für sich als Rettungsanker hinterlassen hatte: Den genauen Atlas der virtuellen Welt mit allen Übergängen zwischen den einzelnen Ebenen und Räumen, vor allem aber mit allen Ausgängen.

Als er eben das Buch zur Kontrolle begutachtet hatte, sich seinen alten Atlas neu einprägen wollte, war ihm die Veränderung sofort aufgefallen. Die Karten und Bilder hatten deutlich zugenommen, das Universum war gewachsen, die Ausgänge sich vervielfacht. Und das ohne sein Zutun.

Was ihm aber auf eine irreale Weise auch richtig und konsequent erschien, eine Bibliothek als Ort des gesammelten Wissens, in deren Bücher sich der wahre Charakter und die Beschreibung der Welt verbargen.

GAB schüttelte unwillig den Kopf. Aber nicht in seinem Buch, welches eigentlich nur in seinen Erinnerungen existieren sollte, das aber auch Mark schon gefunden hatte, was hätte unmöglich sein sollen. Und nun hatte Er Sie Es seine Aufzeichnungen vervollständigt, erweitert, einer neuen Welt angepasst.

Einen kurzen Moment grübelte er über Jimmys Möglichkeiten programmatische Eingriffe vornehmen zu können, verwarf den Gedanken aber wieder. Die Art und Weise, in der die Welt verändert worden war, sprach für jemanden, dessen Anschauungen und Fantasien sich von ihren deutlich unterschieden. Wo in den alten Levels immer noch ein Bezug zu ihrer alltäglichen Wirklichkeit erkennbar war, boten die neuen einen fast abstrakten Ausblick auf physikalische Strukturen. Hier existierten Wege und Gebäude in Falschfarben, dort Nebelschwaden, mathematische Apfelmännchen Strukturen und ein Chaos aus Farben und Licht.

Hier war alles still und ruhig, dort vernahm man tosende Geräusche von unterschwelligen Urgewalten.

Hier war alles fertig und durchkonstruiert, dort alles noch im Entstehen begriffen oder einer immerwährenden Veränderung unterworfen. Selbst der Atlas vor seinen Augen veränderte sich mit jedem Wimpernschlag und nach jedem Augenblinzeln.

Er zeigte eine statische Welt, deren Ränder fließend in eine Welt voller Bewegung übergingen. Eine Karte, die er selbst gezeichnet hatte, veränderte sich nun wie von selbst, wuchs weiter und weiter hinaus, begann den Rand des Buches zu erreichen und verschwand vor dem blauen Hintergrund der Kuppel.

„Gefällt sie dir?"

Erschrocken ließ GAB das Buch fallen und hielt die Luft an.

Ein stechender Schmerz bohrte hinter seinen Augen und ließ sie tränen.

„Wo bist du?"

GAB versuchte durch den Tränenschleier Veränderungen in der Bibliothek wahrzunehmen, sein Gegenüber zu entdecken.

„Wir sind im Hier und Jetzt."

Sein Blick wurde wieder klarer, er wischte mit dem Ärmel über die Augen und wurde sich im selben Moment bewusst wie verrückt das war: Mit dem Ärmel einer virtuellen Strickjacke über die Augen eines virtuellen Kopfes zu wischen, damit die virtuellen Tränen verschwanden. „Wieso sprichst du meine Sprache?"

Kolumbus hatte die ersten Indianer, die er traf nicht verstanden.

„Wir sprechen nicht, wir besuchen deine Gedanken."

GAB wurde sich dieser irren Situation schlagartig bewusst: Er lag halb abwesend, oder wie er den Zustand auch immer beschreiben wollte, auf einer Liege, streifte gleichzeitig durch die selbst erschaffenen virtuellen Welten eines

Computerprogramms, nahm sich dabei wahr, als befände er sich in einer realen Welt und bekam Besuch in seinen Gedanken.

„Vollkommen krass!"

Er bekam keine Antwort, während seine Gedanken verstört herumrasten. Konnten alle seine Gedanken besucht werden? Wer um alles in der Welt, in der virtuellen Welt, wie er sich verbesserte, konnte auf diese Weise einen Kontakt zu ihm herstellen?

„Wieso sprichst du von ›Wir‹?

Jetzt bekam er eine Antwort.

„Wir verstehen nicht."

Er hätte auch fragen können: „Warum, um alles in der Welt, besucht ihr ausgerechnet meine Gedanken?", tat es aber nicht.

Während er sich im Kreis herumdrehte und die Regale betrachtete, mit weit ausgestreckten Armen, damit er nicht das Gleichgewicht verlor, immer schneller, sodass die Bücher in den Regalen zu einer lang gedehnten Reihe wuchsen, drehten sich seine Gedanken in einer entgegengesetzten Richtung. Jimmy schreibt das Programm, GAB benutzt es und entwirft virtuelle Welten, die sich besuchen lassen, die man durchstreifen, deren Angebote man nutzen kann. Niemand hatte etwas von unbekannten Besuchern gesagt, gedacht, geschweige denn sie hineinprogrammiert. Oder alles wird vielleicht zu einem von Elisas LSD Trips, der einem sogar virtuelle Besucher vorgaukelt. Die virtuelle Welt wird so perfekt empfunden, dass man beginnt, sie zu besiedeln.

Was soll Kolumbus in Amerika, wenn dort niemand ist?

„Du musst unsere Gedanken besuchen kommen.“

Was für eine Aufforderung. Auf so etwas kommt kein Mensch, auch kein vollgedröhnter. Aber vielleicht ein vollgedröhnter Virtueller?

„Warum?“

Ihm fiel nur diese banale, wenn auch naheliegende Frage ein.

Zum ersten Mal hörte er ein Geräusch, das langsam wellenartig an Stärke zunahm, von einem tiefen dunklen Ton, zu einem sich steigernden, aber gleichzeitig leiser werdenden Stakkato, von hellen Tönen, einem Wispern gleich, das schlagartig verstummte.

Gelächter der Besucher seiner Gedanken?

Eine Antwort schien sich zu erübrigen.

Wenn er jetzt ein großes, schwebendes Auge am Himmel gesehen hätte, wie in einem Radziwill Bild, dann hätte er sich wohler gefühlt. Er stand aber hier, leicht schwankend, weil ihm doch schwindelig geworden war, in seiner selbst erschaffenen Bibliothek, mit Regalen voller Bücher, die man nicht herausnehmen konnte, da sie nur aus Buchrücken-Fakes bestanden, und bildete sich Besucher seines Gehirns ein, die einen Gegenbesuch für erforderlich hielten.

Was war eigentlich der Unterschied zwischen Besuchern im Gehirn und Besuchern seiner Gedanken? Diese Frage musste er unbedingt behalten und Elisa stellen.

Einer Elisa, die jetzt draußen neben ihm stand, vielleicht seine Hand hielt.

Träum weiter Alter.

Er ging die Regale entlang auf den Rundbo-
gen des Ausgangs zu, sah auf der endlosen grünen Fläche im Hintergrund einen Segler vorbei-
schweben. Schritt für Schritt näherte er sich dem
letzten Regal mit den braunen Buchrücken, direkt
am Ausgang, den er gar nicht benutzen wollte.
Versuchte nicht daran zu denken, wie wichtig
dieses letzte Regal wirklich war, sondern konzentrierte sich darauf, den Segler mit Blicken zu
verfolgen, bis er hinter einer Hügelkette verschwand.

Dann drehte er sich abrupt zur Seite, ließ
sich nach rechts gegen das Regal fallen und sagte laut lachend:

„Und tschüss."

Erklärungsnot

Elisa saß nachdenklich neben ihm und hörte seinen Beschreibungen zu, während Jimmy unruhig auf seinem Stuhl, der das gequält mit Knarren quittierte, hin und her rückte. GAB versuchte genau zu unterscheiden, was er erlebt zu haben glaubte, was er sich möglicherweise eingebildet haben könnte, von dem, dessen er sich sicher war, wirklich wahrgenommen zu haben. Während er das wortreich vortrug, fühlte er, wie sich die Grenzen bereits zu verschieben begannen. Wie sich seine Erinnerungen an etwas anpassten, was er gern als Tatsache annehmen wollte und gleichzeitig vehement ablehnte.

„Das unterscheidet sich aber gravierend von Marks Empfindungen. Für ihn war das immer ein Teil von ihm selbst, eine zweite, singuläre Persönlichkeit, die ihn nach und nach zurückdrängte und sein Handeln zu bestimmen begann. Bei dir hat das eine vollkommen andere Qualität." Elisa hatte das stirnrunzelnd gesagt und GAB freute sich über das Wort „Qualität", obwohl das Unsinn war.

Jimmy hatte längst mit allen IT-Schwüren, die ihm zur Verfügung standen, seine mögliche Verantwortung für die Ereignisse dementiert, jedweden programmatischen Eingriff in die Simulation bestritten. Ein wenig zu heftig, wie GAB fand.

Was ihn wieder zu der Fragestellung führte, die ihn von Anfang an nicht losgelassen hatte. „Was genau macht ihr eigentlich hier? Du willst mir doch nicht erzählen, dass jemand Unsummen in dieses Projekt steckt, Ressourcen zur Verfügung stellt, die alle meine Vorstellungen übertreffen, ohne einen konkreten Nutzen davon zu haben. Ich gehe mal davon aus, dass deine Geldgeber nicht in Paralleluniversen vorstoßen wollen."

Er vermied es zu erwähnen, wie kompromisslos man ihn in das Projekt gezwungen hatte. Merkte dabei, wie interessiert Elisa ihn anschaute, als wolle sie sagen: „Na hallo, endlich aufgewacht?"

Jimmy und Elisa tauschten einen kurzen Blick aus, als wollten sie sich vergewissern, ob auch beide der Meinung waren, dass es an der Zeit war, ihn aufzuklären.

Die kräftigen Hackerfinger wurden einmal zusammengeschoben, knackend zu Fäusten geballt und dann flach auf den Tisch gelegt. Jimmy war aufgestanden, blickte kurz zur Decke, was GAB mit einem verschwörerischen Grinsen quittierte.

„Na gut, es tut jetzt eigentlich nichts zur Sache."

GAB war durchweg anderer Meinung.

„Aber damit du Ruhe gibst und wir uns den wichtigeren und interessanteren Problemen widmen können."

Elisa hatte kurz genickt, was ihrer Stellung im Team eine neue Wertung verlieh.

„Das Hauptinteresse unserer Inverstoren besteht in der Grundkonstellation der virtuellen Testszenarien. Wir sind in der Lage, beliebig viele Testpersonen in die unterschiedlichsten Level zu führen und dort vor Aufgaben zu stellen, die sie lösen müssen. Wir erhalten damit verifizierbare Daten zum Lösungsverhalten und zur Lösungskompetenz der Probanden und können sie dann in weiteren Tests auf weitere Aufgaben vorbereiten, ihr Lösungsverhalten steuern und verbessern."

GAB unterbrach ihn: „Wie viele Szenarien?"

„Im Moment haben wir siebzig parallele, virtuelle Level, die gleichzeitig besucht, ausgewertet und verfeinert werden. Die Gruppe, die du schon kennengelernt hast, steuert das Projekt und gibt die entsprechenden Vorgaben. Die Echsen- und Lurch Truppe mit den harten Männern im Hintergrund, die auch Leute entführten.

„Und was machen wir jetzt hier?"

Jimmy zeigte ausladen auf Elisa und grinste in der Art, die GAB noch nie gemocht hatte.

„Wir sind die Forschungsabteilung, die sich mit der Erweiterung des Systems befasst und ausloten soll, was möglich sein könnte."

GAB konnte sich gut vorstellen, auf welche Art und Weise Jimmy das für seine Interessen ausnutzte, wurde sich aber gleichzeitig immer unsicherer, wie er Elisa dabei einordnen sollte. Jimmy als Grenzgänger zwischen Möglichem und Erlaubten war eine bekannte und einschätzbare Größe.

„Nun, mit Mark hatten wir den geeigneten Probanden gefunden, wie wir glaubten, um eine Erweiterung vorzunehmen. Darum haben wir ihn in das Ursystem zurückgesandt, das Du damals geschaffen hast. Wir wollten mit den neu gewonnenen Erfahrungen, quasi bei null noch einmal beginnen."

Es folgte ein kurzes, besorgtes Schnaufen, das in starkem Kontrast zu dem listigen Augenknipsen stand. Jimmy, der wie ein Fährtenhund, einmal den Geruch aufgenommen, eine Spur witterte, die er nie mehr verlieren würde.

„Was daraus geworden ist, hast du ja jetzt erlebt."

Was man wohl ohne jede Untertreibung sagen konnte.

„Wir hatten deinen anfänglichen Entwurf als Grundlevel abgespeichert, für die einzelnen Tests modifiziert und eigentlich nie mehr jemanden hineingeschickt."

Jimmy sah ihn beschwörend an, auf genau jene Art, die GAB nur zu gut kannte und die ihn nichts Gutes ahnen ließ.

„Dann haben wir beschlossen, mit Mark dort neu anzufangen. Und wirklich, ich habe nichts, aber wirklich gar nichts von damals verändert."

Jimmy breitet die Arme aus. „Du siehst, es war konsequent, dich wieder mit hinzuzuziehen."

Mit auf den Rücken verdrehten Armen und irgendeinem betäubenden Zeug in den Adern. GAB musterte Elisa und überlegte, ob sie schon im schwarzen VAN dabei gewesen sein könnte.

„Und in den anderen Level ist noch nie etwas Gleiches passiert?"

Kopfschütteln von beiden, Elisa nachdenklich, Jimmy verschwörerisch grinsend.

„Nein, nur in deinen alten Entwürfen."

Womit ganz klar wurde, wer für seine Entführung wirklich die Verantwortung trug. Jimmy hatte schon damals immer wieder von den Möglichkeiten fantasiert, die sich ergeben könnten. Und jetzt war er wieder voll in der Spur.

Jemand der Gedanken von anderen besuchte, der eine eigentlich programmatisch festgelegte und damit statische, virtuelle Welt zu verändern begann, wenn das nicht nach Jimmys Geschmack sein sollte.

„Und was genau wollt ihr jetzt tun?"

GAB überlegte kurz und fügte hinzu: „Am besten abschalten und nie mehr anfassen." Er wusste aber im gleichen Moment, dass das nicht seine wahre Ansicht war. Jimmy hatte natürlich Recht, es hatte damals gute Gründe gegeben, warum er spontan und ohne Kompromisse aus dem Projekt ausgestiegen war. Eine Entscheidung, die ihn oft genug wieder eingeholt hatte. Jenes seltsame Gefühl, zwischen Angst und Neugier, Erleichterung und Bedauern hatte ihn nie mehr verlassen.

„Wir sollten weitermachen." Elisa hatte es ruhig und fast nebensächlich in den Raum gesprochen.

„Selbstverständlich mit entsprechenden Vorsichtsmaßnahmen."

Jimmy war natürlich der gleichen Meinung.

„Wir werden das KontrolBack einsetzen."

GAB schüttelte den Kopf, eine merkwürdige Differenz zwischen seiner Körpersprache und seinen Gedanken feststellend.

Jein.

„KontrolBack?"

„Eigentlich hat es noch gar keinen Namen, ich nenne es halt so. Du wirst sehen, coole Entwicklung mit enormem Potenzial."

GAB sah ihn kurz an. „Ungetestet versteht sich."

Jimmy hob die Schultern. „Du kannst mir vertrauen, ich lasse dich nicht mit irgendeinem Scheiß wieder da rein."

Jimmy vertrauen, der aus irgendwelchen Gründen sich der alten Level von GAB wieder angenommen hatte. Jimmy, der immer schon einer Spur gefolgt war, von der niemand wirklich wusste, wo sie hinführen sollte.

Jimmy, der aber wirklich jeden, der seinen Zielen nützlich sein würde und den er dafür auftreiben konnte, auch in jedes Desaster schickte, ohne dabei nur die Spur moralischer Bedenken zu spüren.

GAB hätte aufstehen und den Raum verlassen sollen. Zu den Lurchen und Echsen gehen, mit der Faust auf den Tisch hauen und sagen sollen: „Hey, ich will wieder zurück!"

Zurück in eine Bäckerei, in einem langweiligen Ort, ohne wirkliche Aufgabe, außer der, sein Geld auszugeben.

Aber vor allem, ohne jemals zu wissen, was ihm damals, ebenso wie heute, geschehen war und wem oder was er begegnet war.

GAB grübelte, ob er das wirklich in Erfahrung bringen wollte, während Elisa und Jimmy schon begonnen hatten die nächste Phase ihrer Forschungsreise zu besprechen.

Strategiewechsel

Elisa nahm einen Kugelschreiber auf und begann mit der Kappe rhythmisch auf den Tisch zu klopfen. Nachdem GAB den Raum verlassen hatte, saß sie Jimmy gegenüber, der auf den Bildschirm seines Tablet Computer starrte und ungewohnt unentschlossen wirkte.

„Bisher haben wir immer nur einen Probanden in das virtuelle Umfeld geschickt." Der Kugelschreiber wurde umgedreht und die Kugelschreiberspitze tickerte jetzt weiter, hinterließ Unmengen von kleinen Punkten auf dem darunterliegenden Papier, die sich zu einer Punkte-Wolke zu formen begannen.

Jimmy sah interessiert auf die Punkte, dann in Elisas Gesicht, das nun einen entschlossenen Ausdruck angenommen hatte, ernst und unnachgiebig. Jimmy wusste aus Erfahrung, was nun kommen würde, entweder eine schnelle Entscheidung oder ein langer Diskurs. Es lag bei ihm, sich zu entscheiden.

„So haben wir das ja auch konzipiert. Es sollte von Anfang an keine programmierten Gegenspieler geben, der Teilnehmer selber sollte gezwungen werden sich in der virtuellen Welt zurechtzufinden und seine Gegner selbst mit ins Spiel zu bringen."

Elisa runzelte die Stirn wegen der ausweichenden Antwort und tickerte weiter mit dem Kugelschreiber.

„Es hat sich nun aber gezeigt, dass wir an einem Punkt angekommen sind, der sich von den bisherigen Ergebnissen stark unterscheidet."

Jimmy unterdrückte mühsam ein Grinsen. Ein Punkt war gut, Millionen von Punkten begannen das Papier zu bedecken, unaufhaltsam mit der Spitze ins Papier gestanzt.

Elisa ließ nicht locker und redete weiter.

„Was genau macht die Erfahrungen von GAB möglich, wieso unterscheiden sich seine so gravierend von Marks Erlebnissen und warum las-

114

sen sich GABs Ausflüge weder kontrolliert aufzeichnen noch durch das System steuern?"

Jimmy stimmte ihr innerlich zu, wusste auch
die richtige Antwort, aber wollte sie nicht preis-
geben.

„Dein Feedbacksystem liefert ausgerechnet
bei GAB so gut wie keine auswertbaren Ergebnisse, seine Level Übergänge sind nicht nach-
vollziehbar. Seine Möglichkeiten, die virtuellen
Szenerien von innen heraus selbstständig zu
verändern, widersprechen deinen kompletten
Systemvorgaben, von einer externen Steuerung
ganz zu schweigen."

Jimmy ignorierte den unterschwelligen Vorwurf und verschränkte die Arme hinter dem Kopf,
was seine Oberarmmuskulatur anschwellen ließ.

„Du vergisst eins, ohne ihn und seine Bilder
und Fantasien wären die ersten Levels erst gar
nicht entstanden. Man könnte auch sagen, alle
anderen, die das System besucht haben, sind in
GABs Gedankenwelt eingetaucht. Dass er sich
darin am besten zurechtfindet, dürfte evident
sein. Alles, was wir verändert und erweitert ha-

ben, basiert auf den Strukturen, die wir mittels GABs Gedanken Projektionen aufgezeichnet haben. Jeder, der hineingeht, befindet sich quasi in seinem Kopf: ‚being GAB‘.“

Jimmy grinste und legte die Hände wieder auf den Tisch.

„Das System funktioniert prächtig, deine Schulung der Testpersonen erfüllen höchste Anforderungen, ihr Zuwachs beim Problemlösungsverhalten, sprengt alles bisher bekannte. Was willst du mehr?“

Elisa schüttelte unwillig den Kopf, ihre rotbraunen Haare gerieten durcheinander, das Ticken des Kugelschreibers brach abrupt ab.

„Bisher war ja alles auch vorhersehbar, die Ergebnisse entsprachen genau den wissenschaftlichen Erwartungen, die Reaktionen der Probanden spiegelten genau das wider, was in den Publikationen beschrieben ist. Die Therapie und die Konditionierungsphasen waren genau aufeinander abgestimmt. Aber jetzt, nachdem wir auf dein Anraten hin, deinen Freund mit einbezogen haben, entgleitet uns mit jedem seiner Besu-

116

che die Steuerung des Projektes. Ich beginne mich zu fragen, was du mit seiner Einbindung wirklich erreichen willst. Ob du uns nicht nur unter einem Vorwand dazu gebracht hast, ihn hinzuzuziehen.“

Die grünen Augen blitzten ihn angriffslustig an.

„Hallo, für Verschwörungstheorien bin doch ich zuständig.“

Jimmys Gedanken überschlugen sich. Das Gespräch wurde jetzt aber wirklich gefährlich. Elisa war seinen heimlichen Planungen und Ideen ziemlich nahe gekommen. Klar hatte er mit den zur Verfügung gestellten Ressourcen alles nach dem Plan der Auftragsgeber verfeinert und realisiert. Und ebenso klar, das eigentliche Ziel hatte er dabei nie aus den Augen verloren. Er hatte nur abwarten müssen, bis der Punkt gekommen war, an dem er GAB, der zum Erreichen seiner Ziele absolut notwendig war, wieder in das Projekt integrieren konnte. Einen GAB, der nur unter Zwang wieder bereit sein würde, weiterzumachen.

Jimmy merkte, dass seine Manipulationen immer komplizierter und dadurch auch anfälliger für eine mögliche Entdeckung seiner wahren Motive wurden.

„Du willst also zwei Personen gleichzeitig in die Cloud schicken.“

Jimmy gab sich unentschlossen, während er krampfhaft versuchte, seine Freude über das Erreichte zu verbergen.

„Wir wissen wirklich nicht, was dann passieren wird. Erst recht nicht, was dann mit den Testpersonen geschieht und ob wir sie wieder heil herausbekommen.“

Elisa glaubte, gewonnen zu haben.

„Dein neues System funktioniert doch? Wie hast du es genannt?“

„KontrolBack“. Jimmy wusste, dass er sein Ziel erreicht hatte.

„Wir werden einen nach dem anderen, getrennt und voneinander isoliert hineinschicken und mit deinem KontrolBack aufzeichnen, wie sie sich verhalten, ob sie zusammenarbeiten oder, ob sie sich als Konkurrenten betrachten werden.

Außerdem werden wir endlich Aufschluss darüber erhalten, wie GAB es anstellt, selbstständig wieder zurückzukehren."

Jimmy gab sich unentschlossen. „Du willst also nur Mark medizinisch vorbereiten, um ihn eventuell zurückzuholen?"

Elisas Lippen wurden zu einem schmalen Strich.

„Ja."

„Ziemliches Risiko." Jimmy musste sich zusammenreißen, um seinen innerlichen Triumph zu unterdrücken. Er hatte es geschafft.

„Ok, dann machen wir es so."

Jimmy ordnete seine Unterlagen, dadurch noch ein wenig dokumentierend, dass er hatte überzeugt werden müssen.

Während Elisa stolz und eilig den Raum verließ, saß er da und dachte daran, wie lange, er auf diesen Moment, hatte schon warten müssen, und welcher Vorbereitungen es bedurft hatte.

GAB wiederfinden und herholen, einen geeigneten Gegenspieler finden und trainieren, das System gleichzeitig für seine und die Anforderungen der Auftraggeber zu erweitern, ohne dass es bemerkt wurde. Und letztendlich das Kontrol-Back zu installieren. Jenen Mechanismus, der in Wirklichkeit dazu führen sollte, das komplette System von innen heraus herunterzufahren, während noch Personen in der Cloud waren und dort blieben. Was er schon einmal getan hatte. Allerdings damals von außen.

Er sehnte den Moment herbei, an dem er nach einem Neustart würde sehen können, was aus GAB und Mark in der Cloud nach dem Abschalten geworden war.

GAB hatte als Einstieg die grüne Gleiter Welt mit der zentralen, blauen Bibliothek ausgesucht. Und er hatte einen triftigen Grund dafür, den er wohlweislich verschwiegen hatte. Er stand auf dem moosgrünen Hügel und sah dem Segler entgegen, der mit aufgeblähtem Segel den Hügelrücken folgend ihm immer näherkam. GAB lächelte vor sich hin, denn er wusste, dass er als Einziger in der Lage war, den Gleiter neben sich anzuhalten, ohne die Verrenkungen und Konzentration, die andere Testpersonen dafür aufbringen mussten.

Schließlich war es sein bester Level, von denen, die er geschaffen hatte, und über welches er die meiste Kontrolle besaß.

„Das stimmt so nicht ganz."

GAB war zusammengezuckt, obwohl er den Kontakt erwartete hatte. Wenn nicht hier, wo dann?

„Du vergisst, dass ich einen sehr großen Anteil daran habe.“

Die Stimme in seinem Kopf, oder füllte sie das ganze virtuelle Szenario, sie war ihm sehr bekannt, mit jenem belustigten und doch auch immer fordernden und bestimmenden Unterton, den er von Anfang an gehasst hatte.

„Was willst du?“

GAB tat, als sei er verärgert, wohl wissend, dass der andere GAB, das überhaupt nicht mochte.

„Hallo, werde ich so begrüßt, nachdem du mich hier zurückgelassen hast? Weißt du eigentlich, wie einsam man hier sein kann? Und außerdem, ich heiße nicht mehr GAB, mein Name ist jetzt Mark ZwO.“

GAB schüttelte den Kopf, während er in den Segler stieg, den er neben sich zum Stehen gebracht hatte. Während er sich auf dem flachen Boden niederkniete, das Segel wieder spannte und den Fahrt aufnehmenden Gleiter durch seine Gewichtsverlagerung zu lenken begann, überlegte er, welches Ziel er ansteuern sollte.

„Du weißt sehr wohl, dass ich dafür nichts kann.“

Er versuchte vorsichtig auszumachen, wo sich Mark ZwO befinden könnte, erntete aber nur ein lautes Lachen, das in einem Gewittergrollen über die Hügel davonrollte.

„Du bist gut. Die Level wurden von dir doch nur geschaffen und dazu benutzt, um mich loszuwerden. Und ich habe dir dabei noch geholfen. Ohne mich wäre alles nicht so perfekt geworden.“

Das war zum Teil richtig und GAB wusste, dass er das nicht zugeben musste.

„Warum ‚Mark ZwO‘?“

Wieder das Lachen, diesmal leise und schon eher ein Kichern.

GAB nahm zur Kenntnis, dass ein virtuelles Kichern einen sehr eigenen Grundton besaß.

„Nachdem du verschwunden bist, musste ich mir doch was anderes suchen.“

Dieser Vorwurf traf jetzt nicht mehr. GAB hatte das Thema abgehakt.

„Sie haben diesen Mark reingeschickt, eigentlich ein ganz netter Kerl, aber weit entfernt von deinen Fähigkeiten und Möglichkeiten. Die Zusammenarbeit mit ihm war am Anfang sogar recht schwierig, denk dir, ich musste ihn mehr oder weniger dazu zwingen, den Vertrag zu unterschreiben und hierherzukommen.“

Das schien Mark ZwO wirklich zu faszinieren. Wie konnte jemand diese wunderbare Welt nicht kennenlernen wollen? Wie konnte man Zweifel haben?

GAB spürte mit leichtem Unbehagen, wie das virtuelle Gespräch langsam in seine Gedanken einzog. Mehr und mehr wurden die Gedanken von Mark ZwO auch zu seinen Gedanken und er ließ es zu.

Wusste nun auch, wieso er sich ‚Mark ZwO‘ nannte, wobei ‚ZwO‘ gar nicht als Zahl gedacht war, sondern für „Zwischen den Orten“ stand. Mark, der virtuelle Mann zwischen den Orten.

Eigentlich ein hübscher Name, wenn auch nicht ganz treffend.

„Ich möchte mich aber unterhalten. Bei Mark musste ich es auch so machen und eigentlich finde ich das ganz cool. Außerdem bin ich ja jetzt eine eigenständige Persönlichkeit. Also behandle mich gefälligst auch so.“

Etwas Sanftes entglitt ihm und zog sich zurück, während der Gleiter gleichzeitig die Hügelkuppe verließ und auf den verwaschenen Rand der Hügelwelt zustrebte.

„Und wo ist Mark jetzt?“

GAB war sich einen Moment lang nicht sicher, ob er sein Alter Ego mit jemand teilen wollte.

„Ich habe ihn wieder rausgeworfen.“

Jimmy der alte Schurke hatte also sie beide gleichzeitig losgeschickt. Was sich durch Mark ZwO nun aber erledigt hatte. Was Jimmy damit beabsichtigen wollte, blieb allerdings unklar. Hatte er einen Zweikampf provozieren, oder nur sehen wollen, was passierte, wenn zwei gleichzeitig anwesend waren. Wer die Oberhand gewann, wer sich zum Leader aufschwang und wer es schaffte, selbstständig den Level wieder zu verlassen. Jimmy war alles zuzutrauen.

GAB merkte mit Verblüffen und leichtem Schaudern, dass die grüne Welt hinter ihm zu verblassen schien.

„Es wird Zeit, dass wir herübergehen."

GAB war irritiert. „Ist das schon einmal passiert?"

Mark ZwO schien keineswegs beunruhigt. „Das geschieht immer, wenn deine Welt abgeschaltet wird. Sie wird feiner, durchsichtiger und verliert sich dann. Wir sollten uns beeilen."

GAB stieg aus dem Gleiter und blickte über den Rand der grünen Welt, in das schimmernde Lichtfeld, das silbergrau vor ihm lag, als würde ein feiner Nebel mit einer schwachen Sonne um die Vorherrschaft kämpfen. Gegenstände, Landmarken oder einen Weg, geschweige denn einen Ausgang konnte er nicht entdecken. Diesen Teil seiner Welt hatte er noch nicht erkundet, mehr noch, den hatte er auch nicht selbst erschaffen.

„Wir müssen uns nur konzentrieren."

Mark ZwO schien sich sicher zu sein.

„Denk an die lange Reihe von Primzahlen. Baue einen Raum, der aus vielen Vektorflächen besteht. Erst mit sieben Kanten, dann mit elf, mit dreizehn und immer weiter. Konzentriere dich auf die großen Sprünge in der Primzahlenkette. Sie sind enorm wichtig. Gemeinsam schaffen wir das schon. Du wirst sehen, eigentlich ist es ein Kinderspiel.“

GAB begann in Gedanken einen Raum zu konstruieren, dessen Wände aus Flächen mit sieben Kanten bestanden dann erweiterte er die Zahl der Kanten auf 11, 13, 17, 19, 23, 29, 31, 37, 41, 43, 47, 53, 59, 61, 67, 71, 73, 79, 83, 89, 97. Als er zum ersten großen Sprung in der Kette kam, sah er mit Verwunderung, wie sich auf der ihm gegenüberliegenden Wand feine Strukturen bildeten. Ohne sein Zutun wurden die Flächen größer, bekamen immer mehr Kanten, aus dem anfänglich würfelartigen Raum, in dem sie jetzt standen, bildete sich nach und nach eine Kugel, die immer mehr Strukturen auf ihrer Außenseite zeigte, als blicke man aus einem Goldfischglas in eine andere Welt. Die Geschwindigkeit nahm immer mehr zu, es entstand der Eindruck, als würde ein Riese mit einem Zoomobjektiv auf einen Punkt in der Welt zielen, der immer genauer und immer schärfer abgebildet wurde.

GAB begann eine Theken ähnliche Konstruktion zu erkennen, nahm einen hellen Raum mit weiteren Gegenständen wahr, die Regalen, Tischen und Stühlen ähnelten. Die Theke bekam eine schräge Glasscheibe, die kleinen Objekte dahinter verwandelten sich mehr und mehr in duftende Brötchen und Teilchen. Die Bäckerei wurde mit einer irrwitzigen Geschwindigkeit realer, nahm Farbe an, begann Düfte zu verbreiten.

GAB sah eine Bewegung vor sich und schaute der blonden Verkäuferin ins Gesicht, die ihn aufmunternd fragte: „Was darf es denn heute sein?“, und ihn dabei anlächelte, wie sie es jeden Morgen tat.

„Ein Brötchen und ein Croissant bitte.“

Nach heftiger Intervention von Mark ZwO bestellte er noch zusätzlich eine Apfeltasche.

GAB schüttelte den Kopf und bezahlte.

Apfelmännchen und Apfeltaschen.

Der normale Irrsinn

Jimmy stand nach vorn übergebeugt vor seinen Monitoren, stemmte sich mit beiden Händen vom Tisch ab und sah auf den schwarzen Bildschirm in der Mitte, der jetzt hätte etwas zeigen sollen. Mehr auf jeden Fall als nur Schwarz. Dass alle anderen Monitorbilder ruhig in Schwärze glänzten, war in Ordnung, schließlich hatte er das System von innen heraus heruntergefahren. Aber der in der Mitte hätte etwas anzeigen sollen.

Hinter sich hörte er, wie die Türe geöffnet wurde, vernahm kurze Schritte, die dicht bis an ihn herankamen. Roch, dass es Elisa war, die atemlos, fast flüsternd zu ihm sagte: „Er ist weg."

„Wer ist weg?"

Jimmy drehte sich um und sah in Elisas blasses Gesicht, aus dem jegliche Farbe entwichen schien.

„Der Junge ist zurück, leicht benommen und redet noch wirres Zeug. Aber GAB ist weg!"

Jimmy spürte ein altbekanntes Ziehen im Nacken, fragte aber dennoch: „Wie weg?"

„Er ist verschwunden. Von einem Moment auf den anderen war die Liege leer!" Elisa schrie es fast heraus und machte keineswegs mehr den Eindruck der selbstsicheren Wissenschaftlerin, die alles unter Kontrolle hatte.

„Einen Moment, das haben wir gleich." Jimmy schaltete den Bildschirm um auf das Videoüberwachungssystem und ließ die Aufzeichnung schnell zurücklaufen. Er wollte es sehen, obwohl er genau wusste, was ihn gleich erwartete, schließlich hatte er das alles schon einmal betrachtet. Er hielt den Rücklauf an und beobachtete mit Elisa zusammengespannt die Bildfolge.

Am unteren Rand des Bildschirms lief die Zeit mit, die einzige sichtbare Veränderung auf dem Monitor, bis plötzlich die Liege leer war. Kein

GAB mehr, nur die Liege. Jimmy schaltete um auf Einzelbildfolge.

Bild zweiundzwanzig: GAB noch da, Bild dreiundzwanzig: Liege leer. Kein Schimmern, kein Wackeln, keine mysteriösen Nebel oder irgendetwas. Er spulte immer wieder vor und zurück, während er dachte: Scheißkerl, Scheißkerl verdammter.

„Absolut verrückt. So was habe ich noch nicht erlebt." Was glatt gelogen war, aber überzeugend klang.

Und sein neu entwickeltes Aufzeichnungssystem, auf das er alle Hoffnungen gesetzt hatte, zeigte nur einen schwarzen Monitor.

„Was machen wir jetzt? Was ist da geschehen?" Elisa wurde offensichtlich wieder ruhiger, der kühle, nüchterne Verstand kehrte nach dem Schock zurück.

„Abwarten. Wir brauchen nur abzuwarten."

Jimmy war sich sicher, da kam noch was hinterher. Er wusste es, schließlich kannte er GAB lange genug.

GAB stand am Straßenrand und zündete sich seine selbst gedrehte Zigarette an, den oberen Rand der Brötchentüte zwischen Arm und Brustkorb eingeklemmt. Der Geruch von frischen Brötchen aus der Tüte vermischte sich mit dem Aroma des Tabaks. Irgendetwas fehlte, aber GAB war sich einen Moment lang nicht sicher, was er im Moment vermisste. Er sah einen schwarzen SUV mit getönten Scheiben vorbeifahren, hörte das dumpfe Brabbeln des Motors, schaute dem Wagen nach, wie er jetzt an der nächsten Straßenecke abbog und verschwand.

Im Hintergrund lachte Mark ZwO: „Sie haben uns nicht gesehen."

Jetzt und beim Anblick des um die Ecke biegenden Wagens verstärkte sich das Gefühl entschlossen wieder einzugreifen zu wollen. Diesmal aber mit verteilten Rollen.

GAB hatte im Bäckerladen auf die Auslage geschaut und dabei schon darüber nachgedacht, sich wieder einen Computer zu kaufen, war darin von Mark ZwO aber nicht bestätigt worden.

„Wir werden es ihnen zurückzahlen. Aber einen Computer brauchen wir ab jetzt dafür nicht mehr, schließlich hast du ja mich.“

Er stieß den Rauch aus und sah der Qualmspirale nach, die über die Straße davon schwebte. Es gab einiges zu tun, aber vorher wollten sie erst einmal relaxed frühstücken.

Aus irgendeinem undefinierbaren Grund bevorzugte Mark ZwO Espresso und GAB musste sich wohl oder übel daran gewöhnen. So, wie er sich in letzter Zeit, an einige Veränderungen in seinem Leben gewöhnt hatte.

GAB hielt die Augen geschlossen und wartete ab, während Mark ZwO im Hintergrund zeterte, er solle endlich etwas unternehmen, den
Raum weiter ausgestalten. Sie hatten mit purer
Konzentration und in einem tranceähnlichen Zustand, einen neuen Primzahlen-Raum erschaffen, und betreten, aber nichts war sonst weiter
geschehen. Sie saßen fest, in einer unendlich
erscheinenden Welt, deren Wände sich immer
weiter ausdehnten und von ihnen entfernten, als
würde ein irrwitziger Algorithmus ein neues Universum berechnen wollen. Ein leeres Universum,
in dem die Wände nun verschwunden waren und
jeglicher Eindruck von Dreidimensionalität verloren gegangen war. Als stünden sie auf einer
Scheibenwelt, die sich ins Endlose ausdehnte.

GAB war immer noch fasziniert, dass sie den Übergang in eine virtuelle Welt ohne Hilfe eines Computerprogramms und aufwendiger Hardware geschafft hatten, und ließ das Erlebnis auf sich wirken.

„Habe ich doch gesagt." War der Kommentar von Mark ZwO dazu gewesen.

Sie lagen also in einem Zimmer auf der Couch, neben sich einen Tisch mit diversen Zeitungen und standen gleichzeitig auf dieser riesigen Glaslatte, deren Konsistenz sich langsam änderte. Sie wurde durchsichtiger.

Oder saß GAB auf der Couch und Mark ZwO stand auf der Platte?

„Unsinn". Der knappe Kommentar von Mark ZwO unterbrach GABs Gedankengänge.

An einigen Stellen wurde der Boden offensichtlich durchlässig. Lichtstrahlen brachen sich an den Kanten von kreisrunden Öffnungen, aus denen Farbspiralen wie Nebel emporstiegen. Zu ihren Füßen begann der Boden sich ebenso aufzulösen, sie sanken langsam ein, immer tiefer und verloren die im Lichtnebel kaum noch sichtbare Bodenplatte aus den Augen.

„Das sieht nicht gut aus." Mark ZwO klang zum ersten Mal, seit GAB wieder mit ihm verbunden war, ernsthaft besorgt.

„Mach was."

Zuerst versuchte GAB sich die grünen Hügel vorzustellen, dann die Bibliothek vor seinen Augen entstehen zu lassen, musste es aber erfolglos aufgeben. Auch andere Level, die er früher entworfen hatte, boten keinen Kontaktpunkt an. Ihm blieb nur als Letztes ein Ausweg, an den er sich erinnerte: das Apfelmännchen Szenario mit dem beängstigenden Ausblick in die Dunkelheit. Zu seiner grenzenlosen Verblüffung begann sich ihre Umwelt rasant zu verändern. Die bisher diffusen Lichtnebel schossen mit gleißenden Fingern aus der Tiefe unter ihnen empor, bildeten neue Spiralen, deren Farben kräftiger wurden. Immer mehr dieser Lichtarme schlossen sich zusammen, begannen eine neue Welt zu formen, in der sich nach und nach erste Umrisse von Gegenständen zeigten. Seltsam geformte Hügel, die an Termitenhügel erinnerten, wuchsen zu beachtlicher Größe empor, wurden auseinandergezogen, sodass sie deren Spitzen kaum noch wahrnehmen konnten.

„Es freut uns, dass du wieder gekommen bist."

Diese mächtige Stimme, die alles zu erfüllen schien, aus keiner Richtung kam, als würde sie direkt in ihren Gedanken entstehen. Diese Stimme hatte eine Kraft, die alles bisher Erlebte wegfegte, als seien es verblassende Erinnerungen an Geschehnisse, die sie sich nur eingebildet hatten.

Diese Stimme war hier und jetzt wirklich und wahr.

Und hier und jetzt klang sie auch nicht mehr bedrohlich und verärgert.

„Wir freuen uns, dass ihr uns besucht."

Mark ZwO räusperte sich, was in Gedanken furchtbar klang, wie ein aus Metall geraspelter Rülpser, der scheppernd zu Boden fiel.

Wer auch immer das war, konnte also sehen oder spüren, dass sie zu zweit waren. Seine

Wahrnehmung überstieg offensichtlich die Grenzen, die sie bisher als gegeben angenommen hatten. Obwohl sich Grenzen für Vieles verschoben hatten. Das Einzige, was im Moment sicher war, blieb die Tatsache, dass sie sich selber als real empfanden.

„Es war schon lange kein Besuch mehr bei uns.“

Keine sehr beruhigende Feststellung von einem Wesen, das nun ihre Gedanken zu erfüllen schien.

Sie fühlten sich in die Luft gehoben, über eine blasgelbe Landschaft, einer Wüste ähnlich, mit zunehmender Fahrt zwischen den darin steil aufragenden Termitenhügeln einem Ziel entgegen, von dem sie keine Vorstellung hatten.

Diesmal fragte GAB nicht nach dem benutzten Plural, er versuchte vielmehr, in der vorbeirasenden Welt Dinge wahrzunehmen, die er vielleicht schon einmal gesehen hatte, die Ähnlichkeit mit irgendetwas Bekanntem aufwiesen. Er musste jedoch feststellen, dass ihre Geschwindigkeit so enorm angewachsen war, dass nur noch Farbschleier an ihnen vorbeizogen.

So oder ähnlich hatten sie sich Zeitreisen vorgestellt, was aber Unsinn war, wenn etwas hier nicht existierte, dann war es Zeit.

„Doch, doch, Zeit existiert immer und Raum auch und Energie."

Klugscheißerische Belehrungen von einem Gedankenwesen hatten gerade noch gefehlt. GAB grinste innerlich über den unhörbaren Kommentar von Mark ZwO.

„Alles existiert immer und jetzt. Was möglich ist, was denkbar ist, was wahrscheinlich ist. Alles ist immer miteinander verbunden, besteht aus der einen Energie, formt Raum und Zeit."

Erklärungen, für die bei ihnen im Moment absolut kein Bedarf bestand, die aber in ihrer Schlichtheit und Überzeugung erschütterten. So wirkt es also, wenn eine unumstößliche Wahrheit ausgesprochen wird, von jemandem, der alles weiß, weil er alles ist.

„Es gibt nur die eine wahre Bewegung."

Was folgte, war eine Symphonie von Tönen und Klängen, vermischt mit Gerüchen und Lichtstrahlen voller Kälte und Hitze. Sie wurden in Töne und Klänge zerlegt, jedes Atom ihres Körpers folgte einer anderen Stimme in die unendliche Klangwelt hinaus. Sie begannen sich zu verlieren in einzelne Noten einer unendlichen Partitur, niedergeschrieben mit Lichtexplosionen, hinein in den sich endlos ausdehnenden, schwarzen Raum. Verloren, zerlegt in alle denkbaren Dimensionen und sich doch seiner Selbst sicher.

Ich denke, also bin ich.

Wenn ich denke, dann bleibe ich. Aber was bleibt von mir, wenn ich nur noch denke. Und wo bin ich wirklich. Und was ist wahr und was nur Schein. Und wenn alles alles ist und immer und zugleich, wo bin dann ich.

„Wir sind das Wir, im Jetzt und im Demnächst. So wie wir es immer schon gewesen sind. Wer uns besucht, nimmt Teil und wird zum Wir, hier und überall. Ihr seid willkommen.“

Wenn wir zum Wir werden, wo bleibt dann unser Ich?

Wie ein starker Schmerz zuckte der Gedanke auf, sich hier und jetzt für immer selbst zu verlieren.

Das lärmende Stakkato des tönenden Irrsinns nahm immer mehr zu und begann einzelne Gedanken zu zerhacken.

Kurzer Disput

Jimmy saß Elisa gegenüber und erwiderte gelassen deren aufsässigen und wütenden Blick.

„Was heißt hier, nicht alles gesagt? Woher hätte ich das wissen sollen?" Er versuchte trotzig und überzeugend zugleich zu wirken, sah aber an Elisas Gesichtsausdruck, wie kläglich es misslang.

„Du hast es gewusst! Das war auch der Grund, warum du ihn hierhergeholt und hineingeschickt hast. Warum? Sag mir, warum das alles hier passiert!"

Jimmy kämpfte mit sich, seine Gedanken flogen hin und her. Was war er selbst bereit preiszugeben? War Elisa als Partnerin denkbar? Konnte er mit einer eingeweihten Elisa mehr bewirken, als er bisher allein zustande gebracht hatte?

„Gut, ich gebe zu, das kam nicht ganz unerwartet.“

Irgendetwas in ihm weigerte sich noch, sein Geheimnis preiszugeben, mit jemand anderem zu teilen.

„Und?“ Kurz und schnippig, immer noch aufgebracht. Und das weniger, weil er sie nicht eingeweiht hatte, als vielmehr, weil sie etwas so wesentliches nicht wusste.

Bei dem Gedanken musste Jimmy lachen, was die Stimmung urplötzlich umschlagen ließ.

„Nun gut. Von Anfang an. Ich habe dir wahrheitsgemäß erzählt, das GAB aus dem Projekt damals ausgeschieden ist. Was ich verschwiegen habe, war die Art und Weise, wie er ausgeschieden ist.“ Jimmy grinste leicht und verlegen und stellte selbst verblüfft fest, dass er es ernst jetzt meinte.

„Als uns Mark von seinem Besucher, den er seit seinem Testversuch mit sich herumgetragen hat, erzählte und ihn genau beschrieb, da war ich mir sicher, er ist wieder da.“

„Wer?“

„Na GAB natürlich. Er ist damals auf die gleiche Art und Weise verschwunden wie hier und jetzt. Von einem, auf den anderen Moment, war er weg. Physikalisch weg, verschwunden, als hätte es ihn nie gegeben.“

Jimmy schnaufte und rieb sich die Stirn, als wolle er die Erinnerung auffrischen.

„GAB war weg, spurlos verschwunden und ausgelöscht, aber in der virtuellen Welt war noch ein Persönlichkeit Peak und der blieb erhalten, selbst, wenn das System heruntergefahren und neu gestartet wurde. Weiß du, was das bedeutet?“

Elisa sah ihn nur wachsam an und er konnte sehen, dass jetzt ihre Gedanken flogen.

„GAB hat ihn drinnen gelassen.“ Jimmys verschwörerische Miene verwirrte Elisa.

„Wer hat wen drinnen gelassen? Wovon sprichst du überhaupt?“

„Na GAB hat ihn drinnen gelassen, sein zweites Ich.“

Jimmy lachte leise vor sich hin.

„Der Kerl hat von Anfang an nur darauf hingearbeitet. Weißt du, wie lange ich gebraucht habe, um dahinter zu kommen, warum nur GAB diese Welten so perfekt und leicht erschaffen konnte? Warum nur GAB immer wieder von alleine zurückkam. Weißt du, wie viele der Anderen wir verloren haben? Und nur er allein bewältigt alles mit leichter Hand und wehendem Zopf. Von wegen kreatives Genie! Er war nie allein, ist es nie gewesen und konnte es nur darum schaffen. Und warum? Weil er von Beginn an darauf hingearbeitet hat, sein Alter Ego los zu werden."

Elisas Gesicht begann vor Verständnis und Interesse zu leuchten, nahm eine rötliche Färbung an, die bis zum Halsansatz herunter ausstrahlte.

„Eine multiple Persönlichkeit also."

Jimmy nickte nur, gleichzeitig froh, dass er den Part mit den Parallelwelten nicht erzählt hatte und es jetzt auch nicht mehr tun musste. Elisa war mit vollem Interesse auch so an Bord gekommen.

„Wir müssen ihn zurückholen."

Innerlich frohlockte Jimmy und dachte bei sich, was meinst du Mädel, was ich die ganze Zeit vorbereite?

Ich will ihn wieder ganz hier haben.

Beide!

Dann werden wir schon weiter sehen.

Rückkehr

Jimmy schnaufte und saß wie eine Kröte, die eine Fliege beobachtet, leicht vorgebeugt vor den Tastaturen und Monitoren, bei deren Anzahl Elisa sich immer fragte, wie er alle im Auge behalten konnte. Um die Wichtigkeit der Situation zu demonstrieren, oder weil er einen anderen Freak-Grund dafür hatte, zierte seine breite Stirn ein schwarzes Stirnband. Er drückte eine Taste und schrie mit einer Lautstärke, die ein Mikrofon zur Übertragung unnötig machte, ins Mikrofon: „Jack, wie viele Ressourcen kannst du freigeben?"

Elisa sah auf ihren Monitor und fragte sich, ob die ihr zugewiesene Rolle wirklich notwendig war. Ihre Gedanken kreisten um Mark und GAB und ihre wechselseitige Beziehung. Ein Teil einer multiplen Persönlichkeit, die über eine Computersimulation nach eigenem Belieben die Personen wechselte. Sie hätte laut lachen wollen, aber die leere Liege im Nebenraum, auf der sich GABs Körper hätte befinden sollen und Jimmys Erläuterungen wirkten noch nach.

„Wie viele Testszenarien laufen bei dir? Schalte alles zu mir herüber, das du freigeben kannst. Nur zehn, das ist gut, ich brauche ungefähr hundert Terrabyte freien Speicher von dir. Und gib alle Prozessor-Queues frei, die du nicht benötigst." Jimmys klappernde Tastaturanschläge nervten Elisa, steigerten ihre Nervosität.

„Was hast du vor? Willst du die Welt nachbauen?" Ein unterdrücktes Lachen klang aus dem Mikrofon herüber.

Jimmy schnaufte nur kurz: „So ähnlich" zurück und schaltete ab. Es war alles gesagt und er war der Chef.

Auf Elisas Monitor bauten sich nun Farbfelder und Kurven auf, von denen Jimmy ihr die wichtigsten erklärt hatte. Besonders eine graue, dreidimensionale Flächenabbildung sollte sie im Auge behalten, und die Kurve mit den Sinusausschlägen daneben.

„Wenn du hier einen farbigen Punkt siehst und die Amplitude ausschlägt, sag mir sofort Bescheid. Wir sind dann an der richtigen Stelle."

Jimmy hatte versucht ihr zu beschreiben, was genau er unternehmen wollte. Der unengagierte, monotone Vortrag, gespickt mit Fachausdrücken und Computerkauderwelsch, hatte sie nur die Stirn runzeln lassen. Der Zusammenhang zwischen der Ausweitung des Testszenarios, welches Jimmy herbeiführen wollte, und dem vermuteten Aufenthaltsort von GAB und seinem Alter Ego hörte sich eher wie die Verschwörungstheorie eines durchgeknallten Junkies an. Bei Jimmys Erläuterungen hatte sie öfter an ehemalige Patienten denken müssen, die sich in ihren Neurosen und Hirngespinsten verloren hatten.

Für eine kurze Zeit hatte sie sogar vermutet, dass GAB und Jimmy zusammen mit GABs Verschwinden ein Scheinmanöver aufgezogen hatten, ließ diesen Gedanken aber fallen, weil sie erstens, keine Motive erkennen konnte und zweitens Jimmys konkrete Bemühungen GAB wiederzufinden sie zu überzeugen begannen.

Ein wenig hatte sie auch an ihrer Urteilsfähigkeit gezweifelt, weil sie bei GAB keine Tendenzen einer multiplen Persönlichkeit festgestellt hatte. „Bullshit", hatte Jimmy nur gesagt, „da war er ja auch keine." Und damit war die Angelegenheit für ihn erledigt gewesen.

Eine Persönlichkeit, die wie ein Geist umherzog, sich bei unterschiedlichen Personen einnistete, dabei eine Computersimulation als Sprungbrett benutzte, eigenständiges Verhalten und zielgerichtete Aktionen beherrschte. Fast könnte man denken, es bestünde die Gefahr angesteckt und von diesem Geist befallen zu werden. Elisa ertappte sich bei einem hysterischen Kichern und konzentrierte sich auf die ihr zugewiesene Aufgabe, rückte die Maus probehalber hin und her, setzte sich gerade vor den Monitor und starrte auf das graue Feld, welches sich über den ganzen Bildschirm ausgebreitete hatte und in einer Gitternetzabbildung nun Strukturen zu zeigen begann.

„Links bei A3 ist jetzt die Bibliothek zu sehen." Jimmys Kommentar war überflüssig, sie hatte dieses Szenario oft genug betrachtet, um Marks Verhalten zu studieren.

Mark, der das Alter Ego von GAB mit sich herum getragen hatte, wie Jimmy behauptete. Von jenem ein wenig autistisch anmutenden GAB, dessen langer Zopf gut zu seinem sportlich eleganten Outfit passte, und der in jeder Medien-Agentur eine gute Figur abgeben hätte.

„Ich erweitere jetzt um tausend Koordinaten."

Eine Linie begann, von der Bibliothek über das Netzmuster zu kriechen.

„Noch einmal tausend. Hier am Rand ist er verschwunden."

Die Fläche färbte sich jetzt grün ein und stieß mit ihrem Rand an eine senkrecht aufragende, graue Fläche.

„Jetzt wird es interessant. Noch einmal tausend. Soweit waren wir noch nie." Jimmys Stimme war die Nervosität und Aufregung anzuhören.

Die schwarze Fläche begann sich aufzulösen und wechselte in ein dreidimensionales Punktemuster über.

„Ausschlag!" Elisa hatte geschrien.

Jimmy blickte kurz herüber auf ihren Monitor und kommentierte: „Viel zu groß! Scheiße! Darf es eigentlich so groß nicht geben."

Er drehte sich wieder ruckartig herum. „Egal, noch einmal tausend."

Elisa glaubte im Punktemuster, das nun fast den ganzen Monitor füllte, spiralförmige Muster zu erkennen. Und starrte so konzentriert auf die fließenden Spiralen, dass sie beinahe den zweiten Ausschlag übersehen hätte.

„Wir haben achtzig Prozent verbraucht. Immer noch nichts?"

Elisa musste schlucken und brachte nur ein zaghaftes: „Ausschlag" heraus.

„Farbe?", ein gebelltes Kommando.

„Grün, nein, eher blau."

„Was nun?"

Blöder Computeraffe dachte sie und legte sich fest: „Grün."

„Ok, wir docken an. Jetzt bleiben uns nur noch zehn Prozent.“

*

Energie fließt durch den Raum, alles durchströmende Energie, unendlich, gesamt und umfassend, bildet den Raum neben dem Raum und es wird Zeit. Energie ist fließende Zeit durch den Raum und jeden anderen Raum. Energie ist Klang, der Puls von Raum und Zeit. Unendlich und grenzenlos. Der Rhythmus steigert sich zum hämmernden Beat, wirft sein Echo als Akkord zurück.

Wir haben keine Grenzen. Ein gequälter und anklagender Ausruf verhallt. Wir sind ich und ich bin wir.

„Bullshit.“

Ein neuer Rhythmus, Bullshit Shit Shit Bull Bullshit Bullshit Shit Shit Bullshit.

Licht, gleißend und schmerzend, aufsaugend und verwirbelt, es tut weh in den Augen. Meinen Augen, deinen Augen.

„Mark du Arsch, mach was!“

„Mark ZwO bitte, so viel Zeit muss sein.“

Bullshit Shit Shit Bull Bullshit Bullshit Shit Shit Bullshit

Gelbraune Flächenfetzen mit Teigtürmen.

Blaue Spiralen im grünen Gitter.

Bibliothek und immer wieder Bibliothek, Bibliothek, Biblio, Thek, Bibliothek, blau, blaue Bibliothek.

Die Augen tränen, der Körper wird nass, färbt sich grün, der Schmerz strömt mit jedem Atom zurück in den Körper. Nur Augen und Körper.

„GAB, GAB, Bibliothek.“

Mark ZwO, ein Arsch, ein Besserwisser, ein Störenfried, ein Monster, ein Gast, du bist nur ein Gast.

*

„Was macht die Amplitude?“

Elisas Augenlider zuckten, das Bild verschwamm fast vor ihren Augen, sie war es nicht gewohnt, lange auf den Monitor zu starren.

„Es wird größer."

„Was?" Ungehaltener Klotz mit Stirnband und Muskel Überschuss anstelle von Gehirnzellen.

„Der Große wird kleiner und der Kleine größer." Vollkommen dilettantisch und unpräzise. Elisa spürte, wie sie errötete.

„Ich hau jetzt alles rein! Hundert Prozent!"

Das Bild auf Elisas Monitor flackerte kurz und stabilisierte sich dann wieder, eine gezackte Linie schnellte vom Rand aus zum Bibliotheksmuster, hin und zurück, begann sich auszubreiten, formte sich zu einem Dreieck, dessen Spitze die Bibliothek berührte.

*

Ein Raum hat Wände, ein Fläche eine Ausdehnung, eine Linie einen Anfang und ein Ende, eine Linie bewegt die Zeit. Hier zerrt das gewaltige Rauschen, und zugleich gleißendes Licht, dort verläuft die Linie auf der Fläche in den Raum. Ein grüner Raum.

Ich fühle mich scheiße, aber ich fühle mich, dann bin ich auch. Ich sehe die Linie, ich sehe das Grün. Gleiten, einfach nur auf der Linie gleiten. Ich spüre den Wind, kühlen, erfrischenden Wind mit Moosgeschmack. Ich habe Haut und Haare, mein Körper kühlt ab, das ist der Wind. Ich bin ich und du bist ich, wir sind ich.

„Bullshit."

Grün und Blau, der blaue Turm vor der Stadtmauer, der hell gelben Stadtmauer und davor das rotgemaserte Steinpflaster. Der dunkelblaue, mächtige Turm.

Die Bibliothek, meine Bibliothek, unsere Bibliothek.

„Wir müssen hier raus. Sofort!"

*

„Das wird eng. Amplituden?"

„Etwa gleich hoch." Elisa konnte nur ahnen, was das bedeuten mochte, aber es bereitete ihr Unbehagen.

„Scheiße, Scheiße, das System kackt uns gleich ab.“

*

Jede Menge Bücher, geballtes virtuelles Wissen hinter Buchrücken, vor durchscheinenden Wänden und dahinter die unendlichen Hügelketten in sanftem Grün. Ohne gleißendes Licht und nur mit fein saugendem Wind, ein matter Atemzug in einer friedlichen Welt.
„Wir müssen hier raus, konzentrier dich!“

*

Elisas Monitor wurde abrupt schwarz, sie starrte erschrocken auf die rote Leuchtdiode am unteren Rand, der Monitor war noch an, aber der Bildschirm blieb schwarz. Das hektische Geklapper von Jimmys Fingern auf den Tastaturen brach ebenso abrupt ab. Ein lautes Summen erfüllte den Raum, steigerte sich zu einem tickernden, kurzen Stakkato und dann wurde es still, beängstigend ruhig und still.

„Das war's." Jimmy lehnte sich zurück und starrte weiter auf seine schwarzen Monitore.

Nur sein schweres Atmen erfüllte den Raum. Elisa ertappte sich dabei, die Luft angehalten zu haben.

Dann das Geräusch. Etwas Großes und Schweres fiel nebenan auf den Boden, etwas Helles und Feines schepperte und zerbrach, hinterher das kullernde Geräusch einer davonrollenden Kugel.

Elisa sprang auf, riss die Maus mit sich aus dem Computerrack, schmiss den Stuhl um, stürzte zur Tür und blickte in den Raum.

Die Liege war umgefallen, der Tisch daneben lag quer auf dem Boden, ein Trinkglas zerschmettert, seine Splitter über den Boden verteilt. GABs Zopf quer über seinem Gesicht, die Arme verschränkt, wie bei einer Notlandung im Flugzeug, die Beine angezogen, ein modischer Mokassin mitten im Raum auf der Seite liegend, der andere an GABs verdrehtem Fuß.

Elisa sprintete zum Schrank, zerrte die Spritze von der Schale, drückte die Luft aus ihr heraus und rammte sie dann entschlossen in GABs Arm.

Unprofessionell, absolut unprofessionell, schoss es ihr durch den Kopf.

Und was machen wir jetzt damit?

„Du siehst Scheiße aus Alter." Jimmys Humor und vor allem der Zeitpunkt, wann er ihn einsetzte, blieb unübertroffen.

GAB sah ihn nur regungslos an, obwohl er eigentlich hätte dankbar sein sollen.

Sie saßen in GABs Zimmer und schauten sich nur gegenseitig an. Elisa in verkrampfter Haltung, als fühle sie sich nicht wohl, Jimmy halb auf der Couch liegend, immer noch Energie verströmend und GAB fast verloren in seinem Sessel, vollkommen fertig und ausgelaugt. Selbst Mark ZwO hatte sich bisher jeglichen internen Kommentar verkniffen.

Jeder ging seinen eigenen Gedanken nach.

Elisa schaute ab und zu GAB von der Seite an, musterte ihn und durchlief dabei ihren Faktencheck. Ein junger, begabter und kreativer

Mann, gut aussehend, wie sie sich eingestand, mit der gewissen Ausstrahlung, wenn auch ein wenig zum Autismus neigend. Vor allem aber eine multiple Persönlichkeit, die es geschafft haben sollte, eine ihrer Teilpersönlichkeiten in einer Computersimulation zurückzulassen. Ein Mensch, der sich quasi in Luft auflösen konnte, dabei in einem ausgeschalteten Computersystem auf nimmer Wiedersehen verschwand, daraus wieder auftauchte, jetzt wieder mit zweiter Teilpersönlichkeit, die vorher aber in einem anderen Menschen zeitweise Zuflucht gefunden hatte. Zurückgekehrt mit Erfahrungen oder Einbildungen über Kontakte mit Überwesen, Gedanken besuchenden Wesen, die alles in sich aufsaugten und das komplette Wissen über das Universum in sich trugen. Ein GAB, der nur Kraft seiner Inspiration und Fantasie etwas erschuf, dass andere für Realität hielten. Und vor allem sich selbst so darin bewegte, als sei es Realität.

Elisa strich sich eine Haarsträhne aus der Stirn und fragte sich, wie real die Welt und wie stark von den Empfindungen und Wahrnehmungen des Einzelnen das bestimmt wurde. Wie viele reale Welten es aufgrund der unterschiedlichen Wahrnehmungen, Persönlichkeiten und Charaktere in dieser Welt eigentlich gab. Und wo der Unterschied zwischen virtuellen, eingebildeten und scheinbar wahrgenommenen Welten war.

Es war frustrierend, dass anstelle von Antworten immer mehr neue Fragen auftauchten, die sich nicht schlüssig beantworten ließen, mehr noch, sich in einem vollkommen unsinnigen und rein spekulativen Rahmen bewegten.

Faktencheck unzulässig, da keine Fakten vorhanden.

Jimmy saß breit da, einem Buddha ähnlich, ein wenig selbstgefällig und stolz über das erreichte. Er konnte sich nun sicher sein, dass er recht mit seinen Vermutungen und Theorien hatte.

„Stellt Euch das Universum als riesiges, zu einem unendlichen Kreis angeordnetes Toastbrot vor. Eine Reihe von unendlichen Toastbrotscheiben, auf denen jede Möglichkeit und jedes Vorhandensein von Materie und Energie immer schon vorhanden ist. Jede nur denkbare Konstellation von Dingen und Ereignissen existiert auf den Brotscheiben immer schon. Wenn man jetzt von Scheibe zu Scheibe geht, quasi durch das Toastbrot hindurch, ohne die eigentliche Stelle zu verlassen, nur die Brotscheibe wechselt, dann reist man in der Zeit. Wandert man jedoch auf einer der Toastscheiben hin und her, ohne die Brotscheibe zu verlassen, wechselt also nur den Ort auf der Scheibe, aber nicht die Scheibe selbst, dann bewegt man sich durch die parallelen Möglichkeiten. Und unsere virtuelle Welt ist eine Zwischenwelt zwischen den Brotscheiben oder sie beschreibt den Weg, den man gehen kann."

Jimmy hatte sich bei seiner Rede leicht vorgebeugt und ließ sich jetzt vollkommen überzeugt und zufrieden zurücksinken. Was er hatte beweisen wollen, war bewiesen worden.

Es gab sie, die parallelen Welten, sie hatten den Weg gefunden und sie betreten, mehr noch sie würden in der Lage sein, neue parallele Welten nach ihren eigenen Vorgaben zu erschaffen.

Bullshit, der gedachte Kommentar von Mark ZwO fiel eindeutig aus, während GAB selbst unsicher blieb und weit entfernt davon war sich im Moment irgendetwas überlegen oder vorstellen zu wollen.

Elisa schaute nur in Jimmys Gesicht, sah das breite Grinsen und fragte sich, was sie von dieser Theorie halten sollte. Welchen Zweck es haben könnte, solchen Theorien zu folgen, sie beweisen und einen praktischen Nutzen daraus ziehen zu wollen.

GAB stand auf und ging auf die Toilette, von Jimmys Kommentar und Lachen begleitet: „Wollen wir doch hoffen, dass ihr zurückkommt."

Elisa zuckte zusammen, während GAB auf der Toilette in den Spiegel sah und den Kommentar von Mark ZwO: „Wir sehen wirklich Scheiße aus", erst mit Fassung ertrug, dann aber ihm und sich im Spiegel die Zunge herausstreckte.

„Und was machen wir jetzt damit?"

Sie sahen gemeinsam ihr Spiegelbild an und GAB musste unvermutet laut lachen. Was um alles in der Welt mochte sich hinter ihrem Spiegelbild noch alles verbergen. Sie wuschen sich die Hände, ließen das Waschbecken mit kaltem Wasser volllaufen und steckten den ganzen Kopf hinein. Prustend und den Kopf schüttelnd, dabei Wassertropfen im ganzen Raum versprengend, kehrten sie aus der Unterwasserwelt zurück.

„Sieht auch nicht besser aus als vorher.“

„War aber erfrischend.“ GAB lächelte seinem Spiegelbild zu, dessen nasser Zopf etwas derangiert über die Schulter hing.

„Gehen wir zurück zu den beiden.“

„Wir können ja Elisa zum Abendessen einladen, wirklich ein hübsches Kind, die Kleine.“

„Fall jetzt nicht schon in alte Verhaltensmuster zurück“, antwortete GAB gelassen, obwohl er diesen Gedanken durchaus reizvoll fand. Es hatte auch seine guten Seiten, nicht allein zu sein.

Es gab immer Möglichkeiten und unerwartete Wendungen, so Scheiße sahen sie ja nun wirklich nicht aus. Und außerdem, eine multiple Persönlichkeit, was ja ihr Fachgebiet war, sollte sie doch schon ein wenig interessieren.

Der Autor und seine weiteren Veröffentlichungen

Matthias Houben, Jahrgang 1951, nach dem Studium von Germanistik, Philosophie und Informationswissenschaften in unterschiedlichen Berufen unterwegs.

Lebt in Ostfriesland und schreibt Geschichten, Stories und Erzählungen.

Betrachtet sich selbst als Geschichtenerzähler.

Nach Erstveröffentlichungen unter seinem Geburtsnamen Matthias Schneider, weitere Veröffentlichungen unter dem Pseudonym Matthias Houben.

Autoren-Webseite: *http://www.litbit.de*

Bisher veröffentlicht in Anthologien:

Matthias Schneider, Gesegelt werden
in: Anders reisen grenzenlos: Seewärts. Geschichten von Wind, Sand und Meer. Hrsg. Niko Hansen Rowohlt 1983

Matthias Houben, Häringsblut und Gottesurteil
in: aufgebockt und abgemurkst Hrsg. Regine Kölpin KBV 2012

Matthias Houben, Der Prerow Effekt
in: Muscheln, Möwen, Morde Hrsg. Regine Kölpin KBV 2012

Matthias Houben, the same procedure
in: chillen, killen, campen Hrsg. Regine Kölpin KBV 2015

Matthias Houben, Der Mann, der zu den Engländern geschickt wurde und Braunes Salz und rotes Blut
in: Möwenschrei und Meuchelmorde Hrsg. Regine Kölpin Wellhöfer 2015

Matthias Houben, Das Verschwinden eines Freundes nach dem Verzehr von Ostfreeske Krabbenkoken

in: Grünkohl, Mord und Pinkel Hrsg. Regine
Kölpin Wellhöfer 2016

Matthias Houben, Usedomer Fischtöften und
seine Nachwirkungen
    in: Mecklenburger Schweinerippe(r) Hrsg.
Regine Kölpin Wellhöfer 2016

Romane und Erzählungen:

Matthias Schneider, Unterwegs, Stories und Geschichten

Geschichten und Stories von Menschen, die unterwegs zu sich selbst oder anderen gewählten wie zufälligen Zielen sind.
ISBN 978-3842349650
EAN:9783844874877

Matthias Houben, Experten
Ein Kurzroman

Ein meisterlicher, wie in Trance erzählter Kurzroman, ein Anti-Krimi mitten in Sonne, Sand und Salz auf der Haut, der sich jedweder Zuordnung entzieht und die Leserschaft in unbekannte Denkwelten entführt.
Epub 978-3-95865-153-1
Mobi 978-3-95865-154-8
ISBN 978-3-7347-5427-2

Matthias Houben, Begegnungen,

Drei Kurzgeschichten von merkwürdigen Begegnungen
Nur ausgedacht, aber irgendwie auch möglich.
ASIN B008XYKFKU

Matthias Houben, Kurioversum Stories,

Kurzgeschichten von Erinnerungen und Einbildungen
Neun Kurzgeschichten von Begegnungen und Besuchen, mal magisch mythisch, respektlos ironisch, mal nachdenklich anders.
ISBN 978-3-7347-4735-9
EAN 9783736844056

Matthias Houben, Zwischenstopp in Istanbul und Blick auf Kappadokien

Impressionen einer Reise, die über Istanbul nach Kappadokien führte. Mit einigen Fotos, welche die Erinnerung immer wieder auffrischen.
EAN 9783734777615
ASIN: B00V3IABHU

Matthias Houben, Die Pfade der Ikosataikon

Die Erlebnisse der jungen Pilotin Tam, die mit ihrem Partner Gal, einem Brother of Experts, auf der Suche nach der Menschheit durchs Universum reist. Eine magisch mythische Traumreise, den Lichtpfaden der Ikosataikon folgend, die ihr Weltbild vollkommen auf den Kopfstellt.
EAN 9783738640489
ASIN: B014UX1AXI